谨以此书献给南京大学非洲研究所

# 非常之洲 2

王兆桂 ◎ 著

## 非洲风情实录

当代世界出版社
THE CONTEMPORARY WORLD PRESS

图书在版编目（CIP）数据

非常之洲. 2, 非洲风情实录 / 王兆桂著. —北京：
当代世界出版社，2021. 8
ISBN 978-7-5090-1606-0

Ⅰ.①非… Ⅱ.①王… Ⅲ.①散文集—中国—当代
Ⅳ.①I267

中国版本图书馆CIP数据核字（2021）第076400号

---

书　　名：非常之洲 2, 非洲风情实录
出版发行：当代世界出版社
地　　址：北京市东城区地安门东大街70-9号
网　　址：http://www.worldpress.org.cn
出品人：丁　云　吕　辉
责任编辑：李俊萍
编务电话：（010）83907528
发行电话：（010）83908410（传真）
　　　　　13601274970
　　　　　18611107149
　　　　　13521909533
经　　销：全国新华书店
印　　刷：天宇万达印刷有限公司
开　　本：850毫米 × 1168毫米　1/32
印　　张：10.5
字　　数：245千字
版　　次：2021年8月第1版
印　　次：2021年8月第1次
书　　号：ISBN 978-7-5090-1606-0
定　　价：68.00元

# 推荐序

中国非洲问题研究会常务副会长

刘成富

认识兆桂先生已经35年了。1985年春天，在一个蓝天白云、鸟语花香的下午，我与南京大学一位法语老师曾经专门拜访过他。我对他的第一印象是：这位翻译家朝气蓬勃，神采奕奕，性格阳光，侃侃而谈，有着超越常人的文化追求。他常常利用业余时间写文章，在报纸杂志上发表，每一篇都备受读者青睐。1987年，他踏上了非洲那片热土，从此便义无反顾地爱上了非洲。2017年，我们相约南京大学社会学系青葱咖啡馆，我读到了他在人民文学出版社出版的《非常之洲：非洲见闻录》，该书收录了他100多篇脍炙人口的随笔。记得精装版的封面上有个头顶柴火的非洲姑娘，细细长长的白色肩带，红黄绿的花头巾以及与头巾色系一致的耳环和项链，让我们隐隐约约看到一个美丽而浪漫的非洲。

中国人了解非洲最早可以追溯到唐朝。公元751年，一个叫杜环的唐朝军人成了大食国（阿拉伯帝国）的俘虏，被带到了今天的小亚细亚、阿拉伯半岛、东非、北非一带，公元762年，他成功地回到了中国广东，同时也带回了在那里的所见所闻和所感所悟——《经行记》。由于年代久远，这部游记失传了。但幸运的是，其中的1500字被收入了公元801年杜佑编撰的《通典》里。文明因交流互鉴而精彩，长期以来，杜环的《经行记》成了一段美丽动人的佳话。昨天兆桂先生给我打来电话，希望我为他的新著《非常之洲2：非洲风情实录》写个序，我眼前的作者顿时与唐朝旅行家杜环化作了同一人。兆桂先生累计在非洲工作了15年，在长达33年的时间里40多次前往非洲，毫无疑问，这位自称老非的人在内心深处已经是个名副其实的非洲人，从精神层面看，我们可以把他视为2008年获得诺贝尔文学奖、为非洲"化外之民"发声的法国作家勒·克莱齐奥。

兆桂先生采用的是心的语言和平常人的口气，相较于其他一些有关非洲的读物，带入感要强得多。这些有关非洲的随笔激起了我们无限的遐想和强烈的好奇心，而且以轻松愉悦的方式带我们神游了阿尔及利亚、摩洛哥、塞内加尔、马里、贝宁、埃塞俄比亚等一个个充满神奇色彩的国度。在那里，有他的青春；在那里，有他的友谊；在那里，有他的美好梦想和期盼。他所见到的权杖、大袍、护身符、生殖崇拜的图腾、刚果的"济公"、吉卜赛人的大篷车、猴面包树、西非的鹰都有了全新的意义。他让我们从一个新的角度、新的站位明白了这些符号背后的意义，尤其是非洲人的生活方式、行为方式以及他们的价值取向。

在提倡文化多样性、世界多极化的今天，中非合作成了我们这个时代的精彩旋律。就像《马可·波罗游记》激发了欧洲人迫切希望了解东方的欲望一样，《非常之洲：非洲见闻录》《非常之洲2：非洲风情实录》两本书也有利于我们进一步认识非洲，认识非洲人和非洲文化。我们需要的是一个和而不同的世界，这个世界一定因不同的肤色、不同的文化、不同的体制而精彩。非洲这个人类文明的发祥地有过辉煌的过去，也有过遭遇漫长殖民侵略的历史，但是，未来是美好的、光明的。兆桂先生的随笔更坚定了我对非洲的认识，我始终认为要了解非洲人的心态，要在文明互鉴中汲取经验教训，走进文学王国一定是个明智的选择。

刘成富

2020年10月18日于南大和园

# 自　序

## 此生难舍是非洲

随着中国改革开放，经济迅速发展，中国人的脚步越走越远，中国和非洲国家之间的合作和交往的领域也越来越宽广。过去40多年里，前往非洲的中国人一直在增加。

应当感谢这个让中国迅速崛起的时代，是这个时代让我们认识了非洲，并且爱上了非洲。

从20世纪80年代起，仿佛有一双无形的手，让我与非洲结下了不解之缘。我认为，身在非洲而只把它当作一个工作的场所，这是绝对不可能的。非洲，你可以热爱它，也可以不热爱它，但你绝对不可能对它无动于衷。

一个人在一个地方待的时间长了，对这个地方总是会有感情的。我发现，非洲现在已经溶进我的血脉里了，已经变成一个令我着迷的地方，一个让我永远不能忘却的地方。

我是一个喜欢回忆的人，尤其会经常回忆在非洲的那些日子。为什么喜欢回忆？这是因为，我留恋在非洲工作和生活的那些岁月，留恋那广袤的稀树大草原，留恋那大西洋岸边的金色沙滩，更留恋那些曾经朝夕相处的非洲朋友……

我的这些回忆也许算不上美好，唯可自信的是，这些回忆是完全真实的，不仅有真实的风情，还有真实的故事、真实的情缘、真实的认识、真实的感悟。

近年来，由于年岁已大，我已不长住非洲，但每年仍要往返非洲数次，与非洲朋友的交往也从未中断。为非洲，为非洲的朋友们做点事，已成了我晚年生活的重要组成部分。

感谢祖国，让我认识并爱上了非洲；感谢非洲，是这方热土成就了我的人生价值。非洲是我一辈子眷恋的地方，是我的第二故乡，此生难舍是非洲。

# 目　录

## 篇一
## 非洲掠影

1

## 篇二
## 非洲名城赋

# 篇五
## 欲爱的释放

## 篇八
### 粟之音

## 篇九
### 带泪的花季

## 篇十
## 迷昧

## 篇十一
## 历史的暗角

# 篇一

# 非洲掠影

虽是浮光掠影，
却也能让你领略到
大西洋之滨的渔火、
北非的阿拉伯小镇、
稀树草原上的原始村落、
萨赫勒荒原上的隐泉、
撒哈拉沙漠的地下村庄……

# 1. 西非农村大写意

在地理上，人们习惯将非洲大陆分为北非、南非、东非、中非和西非。因为南部非洲受欧洲影响很大，而北部非洲实际上属于地中海地区，所以，作为地理、人种和文化过渡地带的西非地区，从某些方面来说，应该是非洲大陆最具有地域特色的地方。

西部非洲东至乍得湖，西濒大西洋，南临几内亚湾，北为撒哈拉大沙漠。西非农村给人的总体印象是"地广人稀"，驱车沿公路行驶，放眼望去，广袤的原野上生长着一片片茅草，其间常常点缀着一丛丛矮小的灌木，所以，人们称之为稀树草原。

严格说来，西非农村并没有中国人心目中的村庄样子，这里的村庄其实并无完整的村落轮廓。所谓村子往往是几个相距不远的居民点由几条小路连在一起，看起来像个村庄。

走进这些村子，首先映入眼帘的是一个个土坯墙围起来的院子，院子里又是清一色的土坯房子，条件好一点的人家，是白铁皮屋顶，一般人家则是茅草屋顶。在这里几乎看不到任何现代社会的迹象，既没有汽车，也没有电灯，更看不到电视天线。

但在各家的院子里都能看到芒果树的身影，也能听到羊咩鸡鸣之声，这是西非农家院落的"标配"。村口巨大的芒果树下永远是老人和孩子的天堂，而村子里的水井旁似乎永远都聚集着身背小孩、头顶水罐的村妇。

刀耕火种，这种原始的农业耕作方式，在世界上的其他地方可能早已绝迹，但在西非农村依然十分常见。

每年旱季快要结束雨季即将来临的那段日子，西非地区的农民总要放火烧荒，广阔的原野上常常有浓烟升起。

近年来，为保护环境，西非地区有些国家明令禁止放火烧荒，但收效甚微。这个地区由于土地比较贫瘠，农民又没有钱购买化肥，因此，他们只能用这种最原始的方法——放火烧荒，来为土地增加肥力。

放火烧荒后不久，雨季如约而至。西非的雨季有如我国的汛期，几乎天天下雨，降水特别集中。

但是，这里的雨季并不是我们常见的那种阴雨连绵的雨季。西非地区大多集中在黎明前后下雨，一阵大雨过后，天空马上放晴，很少有整天阴天或连续几天下雨的现象。

进入雨季的西非原野，草木一片葱茏，到处呈现出生机勃勃的景象，广大农民也开始抢种玉米和棉花等农作物。

西非农村到现在仍然没有什么像样的农田灌溉设施，农民种地全靠老天爷帮忙。所以，下过一两场雨以后，他们得抓紧时间播种。

这时的农村里，不论男女老少，每天天不亮就下地，太阳落山后才回家。令人感到十分吃惊的是，许多四五岁的孩子这时都会出现在田野上，这些本该在幼儿园里玩耍游戏的孩子，在这里，已经开始帮助家里下地干活了。

他们有的锄地，有的拔草，但干得最多的是播种。大人在前面用削尖的木棍在地上钻一个洞，跟在后面的小孩就往洞里放几粒种子，然后再用他们的小脚踩一下土，把种子盖住。

西部非洲是非洲的主要产棉区，棉花在西非地区享有"白金"之美誉。棉花生产是西非地区多个国家农业的主导产业，其中，布基纳法索、马里和贝宁是三个最重要的产棉国。

雨季里，如果驱车从几内亚湾向北行驶，公路两侧常常可以见到一片片棉田。经过充沛的雨水的滋润，棉田里的棉花已经长得郁郁葱葱，但杂草也同时疯长起来。所以，在雨季里经常可以看到棉农在棉田里拔草锄地。

从11月份起，西非地区从北向南逐渐进入旱季。棉田里棉花的叶子也开始凋落，棉桃纷纷怒放，雪白的棉花朵被风吹得蓬蓬松松，远远望去，真像一片银海。

西部非洲是一个多彩而美丽的地区，西部非洲的人民是勤劳而勇敢的人民。来到西非农村，可以领略到非洲的原始风貌，感受非洲人民的纯朴民风。

# 2. 北非阿拉伯小镇素描

北部非洲的地中海沿岸地区分布着许许多多阿拉伯小镇。这些小镇以其特有的地中海风光吸引着欧洲游客。

20世纪80年代，当我第一次踏上非洲大陆的时候，我就喜欢上了这些充满阿拉伯风情的小镇。

这些小镇，论风情，它们并没有欧洲小镇古朴；谈风景，它们也比不上中国江南小镇秀美；但它们以其小巧玲珑和清新雅致吸引着我。

看一个国家或一个地方的文化，善于观察的人，从其建筑即可见一斑。由于地理、气候、历史和风俗习惯等方面的差异，各地的建筑必定各有特色。

北非地中海沿岸地区终年少雨，艳阳高照，地中海碧波万顷，一望无垠。这些地域特征无疑深深地影响了北非地区的建筑风格。

世界上每个地区的建筑一般都有自己的标志色。例如：欧洲小镇的建筑多为灰色，撒哈拉沙漠以南的黑非洲的建筑常常为土黄色，等等。而北非地中海之滨的建筑几乎全都呈白色或米黄色。

乍一看，这种色调似乎显得太素净、太单调。但是，当你放眼远望，在北非的蓝天白云下，在地中海的万顷碧波旁，那一片片白色和米黄色的建筑非但不显得素净和单调，反而显得异常清新、典雅与和谐。

建筑风格不但受地域特征影响，还与民族文明密切相关。由于北非地中海地区的居民绝大多数为信奉伊斯兰教的阿拉伯人，所以，这些小镇的建筑又充分反映了伊斯兰建筑艺术的特色。

小镇的建筑中，我认为最具特色的是那一幢幢风格各异的小别墅。这些小楼并不十分奢华，但每幢小楼都独具风格，其设计手法新颖奇特，外观变化丰富多彩。在一个小镇上，几乎找不到风格相同的两幢别墅。

小镇民居的另一个特点与伊斯兰教教规密切相关，凡是建筑物的临街墙面都没有窗户，即使偶尔有个窗户，窗口也很小，为的是不让外面的人看见房子里的女人，同时也是为了将屋里的女人与外界隔绝。

小镇上的建筑物，不论规模大小，装饰都十分讲究，各具特色。装饰的部位主要为天花板、廊柱、门窗等，装饰手段也多种多样，最突出的手段是石膏花饰和雕刻。

房子的门都很小，但都用优质木料雕刻而成。室内的地面和墙壁均用瓷砖或大理石拼成精美的图案，天花板采用细木雕刻或者石膏花饰，室内装潢极其精致，常常给人以很豪华的感觉。

每种宗教都有其自身的建筑载体，如教堂之于基督教，寺庙之于佛教，而清真寺则是伊斯兰教的象征。

北非地中海沿岸的这些小镇无一例外地都建有庄严肃穆的清真寺，再小的村镇也有一个清真寺，稍微大一点的镇子，会有两个及以上的清真寺。

小镇上的清真寺集中体现了伊斯兰建筑的风格，其拱形的构架、突出的圆顶、高耸的尖塔、连环的拱廊、精细的装饰都是伊斯兰建筑的标志性元素。

这些清真寺的建造也充分展示了各个小镇在绘画、雕刻和镶嵌等方面的技艺水平，走进这些清真寺，人们能立刻感受到它所体现的独特的宗教氛围。

这些小镇的另一道独特的风景线，就是大大小小的露天咖啡店。大的咖啡店一般都位于镇中心的广场上，有上百个座位，设施也比较齐全。小的咖啡店，大多就在临街的路边摆几张桌子，显得非常简陋。

但咖啡店不论店面大小，永远都不乏顾客。在这些咖啡店里永远都坐着一群无所事事的人，他们有的手端咖啡杯，几个人围坐在一起闲聊；有的则呆呆地坐在那里。当地人喝咖啡用的杯子比中国人喝白酒的小杯子大不了多少，就是这样一小杯咖啡，可以陪伴他们打发大半天的时光。

毫不夸张地说，悠闲是当地人生活的主旋律，闲散已经浸透到他们的骨子里。

闲散第一，纵然使人羡慕，但他们那种不可言喻的缓慢，却使我很不习惯。

# 3. 达尔贝达集市风情

"达尔贝达"在阿拉伯语中意为"白色的房子"。因为阿拉伯人偏爱白色，他们的房子大多数是白色的，在阿拉伯国家里，以"达尔贝达"作为地名的城市特别多。其中最著名的城市，当数摩洛哥的达尔贝达。

可我下面介绍的达尔贝达，并不是摩洛哥境内那个大名鼎鼎的达尔贝达，而是阿尔及利亚境内地中海之滨的小镇达尔贝达。

小镇达尔贝达位于阿尔及利亚首都阿尔及尔以东20多公里处，镇上没有高楼大厦，也没有林荫大道，房子多为二三层的白色小楼，大街小巷，整洁而典雅，徜徉其中，仿佛置身于一个静谧的欧洲小镇。1999年至2000年，我曾在这里居住过好几个月。

平日里，达尔贝达是清静的，也是安逸的。但每个星期二的上午，小镇的宁静总会被一阵阵喧闹早早地打破。原来，每逢星期二的上午是达尔贝达的集日。

达尔贝达的露天集市是间日集，每个星期二开市，集市设在小镇东面的一个简易足球场上。每个星期二的早晨，在天还没有大亮的时候，集市上就喧闹起来，喧嚣声起起伏伏，传得很远。七八点钟的光景，陆陆续续有大人带着小孩从大街小巷涌出，高高兴兴地向集市赶去。

住在达尔贝达的那几个月里，我几乎每个星期二都会兴致勃

勃地跟着我的邻居前去赶集。

在达尔贝达的露天集市上，人们看不到任何店铺，也见不到柜台和货架。集市上平时并没有人，但是一到星期二，四面八方的农民和商贩们便纷纷开着皮卡车前来。到达集市以后，他们会把带来的商品全都摊开在皮卡车的车厢里，向顾客推销。

达尔贝达由于地理位置优越，公路四通八达，交通便利，所以前来赶集的人非常多，集市上的商品也因此特别丰富。

水果和蔬菜一直是达尔贝达集市上的主角，阿尔及利亚盛产柑橘、葡萄、西瓜等鲜美的水果，其中的紫芯柑橘甜美无比，尤其受顾客欢迎。土豆、西红柿、洋葱、辣椒和黄瓜等新鲜蔬菜则备受主妇们的青睐。销售新鲜水果和蔬菜的皮卡车前，顾客们络绎不绝，川流不息。

被一群群年轻女性团团围住的皮卡车，所推销的不是色泽鲜艳的床上用品，便是服装和头巾等纺织品。在这样的皮卡车周围，我发现很多妇女并不是在购物，而是在说悄悄话。我想，她们也许由于平时不能随便出门的缘故，今天赶集使她们有机会聚到一起，因此她们有说不完的知心话。

阿拉伯的香料举世闻名，历来是阿拉伯集市上不可或缺的商品，可以毫不夸张地说，没有香料的集市就不能称为阿拉伯集市。我每次去达尔贝达赶集时，在离集市很远的地方就能闻到那种独特的阿拉伯香料的味道。

出售香料的都是老年的商贩，他们与出售水果和蔬菜的那些农民不同，大多数农民不会讲法语，而这些老年的商贩却能说一口流利的法语。他们看到我在其摊位前面停留，便马上跑过来用法语给我介绍起他们的香料来。他们告诉我，世界上有很多人对阿拉伯香料有误解，认为阿拉伯香料就是作调味品的，其实，阿拉伯香料不仅可以做调味品，而且可以作为防病和治病的药材及饮料和保健品的原料。

但他们谈得最多的还是阿拉伯香料作调味品这个话题。他们说，阿拉伯香料作为调味品，以其特有的香味在阿拉伯烹饪中广为人们所喜爱。阿拉伯香料最突出的特点是味浓而没有刺激性，足以在炎热的气候中增强人们的食欲。

在达尔贝达集市上，外国游客最感兴趣的是具有阿拉伯风格的各种各样的工艺品。例如：喜欢猎奇的欧美游客常常对带有典型文化特征和地域色彩的阿拉伯水烟壶情有独钟，而东方游客情有所钟的是充满浓厚阿拉伯风土气息的手工錾花大铜盘，制作精良的中东大茶壶则是中国游客的最爱。不过，大多数游客购买的是一些为"到此一游"留点印记的廉价纪念品。

每次到达尔贝达去赶集，"文化角"一定是我必去的地方。所谓"文化角"，是当地人对集市上卖旧书和旧邮票那个角落的戏称。

"文化角"位于集市最偏僻处，一般情况下有五六个卖旧书和旧邮票的摊贩聚集在那里。他们在地上铺上一块塑料布，把旧书和集邮册摊在上面，供人翻阅和挑选。

集市上很多摊位前都是人群熙攘，摩肩接踵，唯独"文化角"冷冷清清，门可罗雀。

每次去"文化角"，我至少要在那里待十两个小时，我和那几个摊贩已经成了好朋友。他们知道我喜欢法国文学，所以，只要有法国文学方面的书籍，他们都会给我留着。那几个月，我在"文化角"淘到了法文版的《红与黑》《基督山伯爵》《茶花女》

《雨果文集》等文学名著。

在达尔贝达集市，除了做生意的商人和摊贩外，还可以见到玩蛇的、玩杂耍的、乞讨的、理发的、修指甲的、擦皮鞋的以及许许多多专门为顾客搬运货物赚取零用钱的小孩子。

在许多阿拉伯国家里，这类集市的商品都比较齐全，从吃的、穿的到用的，一应俱全，应有尽有。达尔贝达集市显得特别拥挤，卫生条件也比较差，卖蔬菜和水果的摊位前往往苍蝇成群。

然而，这个集市内部组织管理很好，人与人之间的关系颇为融洽，很少看到有人吵嘴和打架。如果有人遇到困难，其他人会马上主动上前帮忙，而且不要报酬。例如：有人汽车熄火了，立刻会有人前来帮忙推车。

这种集市实际上就是一个社会的缩影。在这里可以认识各种各样的人，可以了解社会上的各行各业，可以近距离感受当地鲜活的文化以及当地人的生活态度。集市应当是了解当地风俗民情的最佳场所。

# 4. 凡是有穆斯林的地方就有清真寺

　　"伊斯兰"系阿拉伯语音译，原意为"顺从""和平"，信奉伊斯兰教的人统称"穆斯林"，意为"顺从者"。

　　伊斯兰教是传道宗教，传播教义和劝导不信教者入教，是穆斯林的职责。自公元8世纪，伊斯兰教在撒哈拉沙漠以南非洲传播以来，伊斯兰教及其文化在那里已存在了上千年，它对黑非洲的政治、经济和文化产生了非常深远的影响。

　　今天的非洲有23个伊斯兰国家，信仰伊斯兰教的人口占到这一地区总人口的40%以上，而且呈上升趋势。

　　由于伊斯兰教教义中明确反对种族歧视，所以，伊斯兰教在长期遭受民族压迫与歧视的黑人中间深受欢迎，并得到广泛传播。

　　在撒哈拉沙漠以南，几乎每个黑非洲国家都有大量虔诚的伊斯兰教教徒。在这些虔诚的穆斯林眼里，他们每天最主要的宗教活动就是进行礼拜和祈祷，而清真寺是穆斯林进行礼拜和祈祷，举行宗教功课以及举办宗教教育和宗教宣教的活动场所，可以毫不夸张地说，哪里有穆斯林，哪里就有清真寺，凡是有穆斯林的地方就有清真寺。

## （一）黄泥草顶清真寺

每天清晨5点钟左右，我都会在咏颂祈祷的声音中醒来，虔诚的伊斯兰教徒们开始每天的日出祈祷了。领颂者在电喇叭里的长啸在黑沉沉的尼亚美上空回荡，听上去竟然让人感到一丝苍凉，仿佛把人带到了古老的中东大漠。

假如这个时候出门，沿尼日尔河北岸前行，就能在荒凉的尼日尔河滩上，看见一群群祈祷的人跪在一个个黄泥草顶的清真寺里膜拜。

这种清真寺呈圆锥形，大约有2米多高，其墙壁是先用捆扎成排的高粱秆或树枝围起来，然后再抹上黄泥巴而建成的，圆锥形的顶则用茅草或芦苇覆盖。圆锥形清真寺既没有窗户，也没有门，只有一个洞，供人爬进爬出。清真寺里面什么也没有，黑洞洞的。祈祷的教徒们就趴在黄土地上。这种黄泥草顶的清真寺，当地人称之为"卡廓"，一般只容得下四五个人。

这是我所见过的最矮小最简陋的清真寺，可是，在这矮小而简陋的清真寺里进行祈祷和礼拜的教徒们，诵经时的神情总是那样专注，礼拜时的动作又总是那样一丝不苟，他们也许是世界上最虔诚的穆斯林。

## （二）"流动的清真寺"

在贝宁的经济首都科托努和尼日尔首都尼亚美之间，有一条纵贯贝宁全境的国际公路。它是贝宁和尼日尔之间的交通大动脉，尼日尔所有进出口货物的运输，几乎都要通过这条国际公路。

在这条国际公路上，每天都有各种车辆穿梭，一辆接着一辆。驶往尼日尔的那些大货车，由于严重超载，加上路况不好，常常排成长龙，慢吞吞地向前移动。据大货车的驾驶员讲，从科托努到尼亚美1400千米的路程，他们要花七八天时间。

那些尼日尔大货车的驾驶员大多是豪萨族人，是十分虔诚的穆斯林，他们每天在晨、晌、晡、昏、宵等五个时辰都要先净手净脚，然后再面向麦加方向诵经、跪拜。

因此，在这条繁忙的国际公路上，常常可以见到十分奇特的场景：公路中央大小车辆川流不息，喇叭声此起彼伏，响个不停，而公路两旁却悄无声息地停歇着大量的货车，聚集着许多准备进行祈祷的驾驶员。

祈祷开始前，我看到每个驾驶员都在认真地挑选祈祷的场地，并且仔细地清除地上的垃圾和杂草，还在地上铺上一张草席。据一个正在清除垃圾和杂草的驾驶员告诉我，作为一个虔诚的穆斯林，他本应该在清真寺里诵经、祈祷及跪拜，但是，如果因为特殊原因，不能到清真寺里进行礼拜和祈祷，他则必须找一块干净而清静的地方完成祈祷和礼拜。伊斯兰教徒们常常把这块干净而清静的地方称为"流动的清真寺"。

祈祷的场地准备好以后，驾驶员们便开始认认真真地洗手、洗脚、洗脸。他们说，如果不净手净脚，祈祷是没有效果的。

祈祷开始后，我发现驾驶员们似乎忘记了身旁的一切，他们双目微闭，口中念念有词，一会儿两手高举，与头平齐；一会儿两手扶膝，鞠躬行礼；一会儿两手着地，下跪叩首。整个祈祷过程，驾驶员们不仅动作恭恭敬敬，而且神情异常专注，仿佛周围的世界都不复存在了。

世界上著名的清真寺，我见过不少，例如：位于卡萨布兰卡的哈桑二世清真寺，它是世界上最大的清真寺之一；位于伊斯坦布尔的蓝色清真寺，据说是世界上最漂亮的清真寺；还有突尼斯的宰图纳大清真寺，其名字极富诗意——橄榄树寺院。我虽然也为这些清真寺的宏伟和奢华而惊叹，但若要问我对哪座清真寺印象最深，我会毫不犹豫地告诉你，是"黄泥草顶清真寺"和"流动的清真寺"。

# 5. 忽闻地下鸡鸣声

突尼斯位于非洲大陆北端伸进地中海中的一个斜角上。突尼斯的大多数建筑物都带有阿拉伯特征的乳白色。从空中俯瞰突尼斯，一幢幢白色的房子在高大树木的掩映下，仿佛一朵朵盛开的白莲花，于是，突尼斯便有了"地中海白莲花"之美称。

提起突尼斯，大多数人会马上想起迦太基遗址和许多古罗马遗迹。但我以为，突尼斯最让人叹为观止的旅游景点，是其南部的地下村庄。

这些地下村庄位于突尼斯南部的马特马塔山区，这里是3000多柏柏尔人的聚居地。在地面上，人们只能看见一个大坑连着一个大坑，根本看不到房屋，所有建筑物都位于地下。

古代的柏柏尔人之所以选择这种居住方式，将居所建在地下，主要与当地的气候有关。这个地区因受撒哈拉大沙漠的影响，终年干旱酷热。每到刮风季节，常常飞沙走石，使人们的正常生活受到很大干扰。

聪明的柏柏尔人为了生存，便依丘陵地势，先向下深挖一个个圆柱形的大坑，坑洞的直径大约有10多米，深度大约在6~7米，然后沿洞底横向发展，在坑壁上开挖，建成一个个类似窑洞的居所。

这样，坑的中央就成了一个露天的大院子。坑内的居室可以凿成单层，也可以开拓成上下两层，通过楼梯上下相通。同时，人们还用黏土加固窑洞的四壁，使窑洞变得既牢固又美观。

一个大坑可供多户人家居住。这样就形成了地下村庄。村庄与地面之间通过一个坡形的洞相通。

这里的地下建筑一般分为两层，院落在底部，居所在院落上部，设有土梯上下。另外，地下建筑中的仓库、牛圈、羊圈、家禽圈等，均分布在院落四周的窑洞中。

这种地下房屋凉爽舒适，可以避免酷热天气对人体的侵害，一年四季都不受气候的影响。加上土气清新，空气纯净，人们居住的时间长了，不但不觉得苦，反而觉得很舒服。聪明的柏柏尔人居住在这样的房屋中，已有几百年的历史了。

据说，最初的地下村庄大都建造得比较简陋，居住条件也比较差。现在的地下村庄，已经比较"现代化"了，洞内不仅使用了钢筋、水泥等现代建筑材料，牢固而美观，还有水、电和煤气供应。每个洞的入口处，都用轻型材料制成的门帘挡着。很多人家的住室都分为卧室和客厅，室内家具和家用电器一应俱全。

令我感到意外的是，在一个位于地下将近10米深的地下村庄里，我竟然听到了一阵阵公鸡的啼叫声。循声望去，只见不少人家的牲口圈里都养着家禽和牛羊。

为了保持柏柏尔人的传统习惯和当地特色，这里的一些旅馆也建在地下坑洞里，这种奇特的建筑形式吸引了许多外国游客。很多游客慕名而来，不仅要一睹地下村庄的风采，还要在这里小住一夜，亲身体验一下"地下居民"的生活乐趣。

# 6. 沧海渔火

　　毛里塔尼亚素有"沙漠共和国"之
称，其首都努瓦克肖特亦位于广阔的沙漠
地带，与浩瀚的大西洋仅隔着一条狭长的沙丘，中间没有任何泥
滩。海水与沙漠在这里直接碰撞，以水洗沙，以沙滤水。多少万
年下来，这里的海滩变得异乎寻常的洁净，没有一丝污痕。

　　傍晚的努瓦克肖特，太阳刚刚落下，天空万里无云，徐徐的
海风不断送来阵阵清凉。不会想到，酷热的沙漠之国竟然还有如
此美好的夜晚。

　　每天这个时候，我都会前往努瓦克肖特的海边散步。放眼望
去，烟波浩渺的大西洋上白帆点点，天边白云朵朵，目光尽处，
水天合一。

　　涨潮了，海浪越来越大，浪潮越来越近。此时在海滩上散
步，常常会一脚踩着黄沙，一脚踩着海水，黄沙在脚下无边无际
向西铺展，海浪漫过脚背向东不断延伸。两边气势都很浩大，唯
有海滩上一个个小小的人影微若草芥，人类在大自然的面前显得
实在是太渺小了。

　　可是，当我放眼向远方烟波浩渺的海面望去时，我看到一条
条渔船正在波涛汹涌的海浪间穿行，渔夫们迎着浪头，不断抛撒
鱼网。有时候，渔船似乎已被海浪吞没，但一会儿又在不远处冒

了出来。

再看被海浪不断冲刷的海滩上,一排排躬身拉纤的纤夫,十几个人一组,影影绰绰,低头弯腰,脚步踉跄,相扶相持,踩着黄沙,踏着海浪,艰难前行。

在浩瀚的大海面前,在汹涌的波涛面前,渔夫们的身躯是渺小的,力量也是微弱的。可是,他们并没有因为弱小而放弃与大海抗争。在波涛如此汹涌的大西洋上,他们用这种最原始的工具捕鱼,这实在是人类挑战大自然的典范。

天色渐渐黑了下来,海滩上的渔民们点亮了一盏盏中国制造的马灯。远远望去,在朦朦胧胧的夜色中,摇曳的点点渔火,恰似夏日河边的流萤,忽明忽暗,忽隐忽现。

眼前的夜景不知不觉勾起了我儿时的许多记忆,这种马灯在中国似乎早已绝迹,想不到在这遥远的非洲大陆上,在这夜幕笼罩下的大西洋岸边,却依然在给非洲的渔民们带来光明。

# 7. 荒原隐泉

西非的布基纳法索、尼日尔和贝宁三国交界处，有一个该地区最重要的野生动物保护区，叫作"W"国家公园。凡是游览野生动物保护区的人，总希望能看到在电视里见过的野生动物，如果在这莽莽荒原上忽然被大象或狮子挡住去路，那种惊喜一定无以言表。

我在游览"W"国家公园时，虽然没能见到狮子和大象，却在茫茫的荒原上发现了一眼神奇的清泉，我当时的惊喜并不亚于见到了狮子和大象。

那是在我们踏上归途的黄昏时分，我们忽然发现前方有一群狒狒在急匆匆地向一个方向跑。

当地司机说，狒狒们可能闻到了狮子的气味，因此在向草原深处逃跑。听说可能有狮子出现，我立即叫司机掉转车头，悄悄地跟在这群狒狒后面。

汽车大约行驶了两三公里，前方忽然出现了一片灌木丛，所有狒狒一下子都钻进了灌木丛。

当司机驱车来到这片灌木丛跟前时，我们惊喜地发现灌木丛中隐藏着一眼清泉。

泉池是椭圆形的，比一个篮球场还要大一些。泉池的四壁是

清一色的黄褐色岩石，至少有七八米高。一池清可见底的泉水静静地躺在池中。夕阳把泉水染成了一片金黄，所有的狒狒都在泉边低头畅饮。

这如诗如画的美景已经足以使人陶醉，可泉池四周的那些矮小的灌木却使人更加震撼。矮小灌木的树干高不过两米左右，但其根须却沿石壁向下伸展，直达泉池边缘，其长度应当在8米以上。

再细看这些密布于岩壁上的根须，它们有的已深深地扎根于岩石缝中间，有的则紧紧贴在岩石之上。正是凭借这些大大小小的根须在岩壁上织成的这张"生命之网"，小树才得以从七八米深的泉池中吸收水分，才能顽强地活下来。

面对这人迹罕至的荒原和泉边倔强生长的灌木，我不禁浮想联翩。在如此荒凉的草原上，这些灌木绝不是人类种植的，这一片灌木丛应该是大自然创造的一个奇迹，大自然凭一己之力，在这荒原上创造出了一个如此神奇的世界。

莽莽荒原，涓涓细流，于世无奇。唯有在这莽莽荒原之上，出现如此神泉，才显出大自然造化之机巧，让人神醉情驰。

# 8. 双胞胎小镇

    非洲人对女人生双胞胎这种现象，有两种截然不同的态度。

    有的部族认为女人生双胞胎是大吉大利的事情，把孪生子女看成神灵降世一般。而有的部族则认为孪生子女为不祥之物，有些地方的部族甚至一生下双胞胎，就把婴儿杀死。

    尼日利亚的约鲁巴人视女人生双胞胎为天大的喜事，在尼日利亚，我经常听人说，约鲁巴女人除了会做生意外，还会生孩子。起初，我还以为他们在开玩笑，后来经过打听才知道，他们所说的会生孩子，指的是约鲁巴女人生双胞胎的多。

    西非的朋友告诉我，尼日利亚南部的双胞胎出生率要比世界上其他地区高出4倍多。尤其是约鲁巴人的聚居区，其双胞胎的出生率更是高得出奇，据统计，当地平均每1000名产妇就会有50人以上生双胞胎。

    其中，孪生子女最多的当属尼日利亚西南部的约鲁巴人的小镇伊特博-奥拉，这个镇上几乎家家户户都有双胞胎。在通往小镇的公路上还立着一块巨大的石头，上面刻着"双胞胎小镇"。

    众所周知，尼日利亚盛产石油，是非洲经济体量比较大的国家。但是，伊博-奥拉小镇并没有石油资源，因此经济并不景气，大多数家庭都比较贫困。照理说，在这样的经济条件下，养活太多的孩子是非常不容易的。然而，这里的人们对于生双胞胎却情有独钟，他们认为一个家庭能有双胞胎既是一种幸福，也是一种荣耀，因为孪生子女是上帝恩赐的礼物。所以，许多孕妇都热切地希望自己能生双胞胎，一旦其生下双胞胎，全家人都会欢欣鼓舞。

至于这里双胞胎的出生率为什么这么高，大家的看法不一致。有些人认为，这是天意，是上帝的安排；还有一些人认为，这是家族中有生双胞胎的基因。但是，现在越来越多的人开始认为，是当地的饮食习惯使这里的双胞胎出生率这么高。

木薯是约鲁巴人的主食。木薯的根、叶、花都可以食用。尼日利亚著名的拉各斯大学的教学医院针对约鲁巴孪生子女所做的研究表明，约鲁巴妇女体内有一种化学物质含量很高，而木薯根的外表皮恰恰富含这种化学物质。根据研究，这种化学物质具有促进妇女排卵的作用，也许正是由于当地妇女长期食用木薯，才造成了她们超常的排卵能力，从而为小镇超高的双胞胎出生率打下了基础。

# 9. 漫话非洲大袍

外国游客到非洲，穿短裤和T恤衫，还经常汗流浃背，可当地男子却普遍穿着一种长可及地的、被当地人称作"布布"的肥大长袍，头上还要戴一顶小毡帽。

我到过很多非洲国家，令我感到十分惊奇的是，不少非洲国家的男人都喜欢穿这种叫作"布布"的大袍。

非洲大袍的式样并没有太大的差别，其主要区别就在大袍的做工和手绣的图案上。例如：有的地区的人喜欢抽象的几何图形，而有的地区的人则喜欢动物或花卉图案。

绣花的位置也各不相同，有的绣在大袍的领口或袖口，但大多数绣在大袍的胸口。

至于图案的简单与复杂，差别就更大了。简单的图形，几天就能完成，而复杂的图案则需要一个裁缝花上半年甚至一年的时间。

所以，如果要了解一个男人的社会地位和经济实力，你只要留意他的大袍，从其大袍的质地和所绣图案的复杂程度，就很容易做出判断。普通的劳动者绝对没有钱雇一个裁缝花半年甚至一年时间为他的大袍绣花，只有那些达官贵人和巨商大贾才有如此实力。

虽然都穿大袍，但不同国家和部族却有不同的习俗和有趣的故事。

非洲地域宽广，民族众多，域内有几十个国家和数百个部族。由于气候条件和生活习惯方面的差异，我们从其大袍的颜色和所绣图案，基本上可以判断出大袍主人的国籍或生活的地区。

例如：非洲沿海地区的人喜欢穿色彩鲜艳的大袍，因此，加纳人、多哥人、贝宁人、加蓬人、刚果人和尼日利亚的约鲁巴人，大袍大多是五颜六色的。

而非洲内陆的人，如马里人，则喜欢穿靛蓝色的大袍，因为他们认为靛蓝色是最美丽的颜色。

穿洁白色大袍的人，虽然不全是穆斯林，但大部分信奉伊斯兰教。

非洲国家的语言、文化和历史虽然差异很大，但把大袍作为民族服装却是一致的，而且连对大袍的叫法也大体相同，大多叫"布布"。

在穿大袍的国家，再穷的人家，也要设法为男人缝制一件大袍，以便在节日或走亲访友时穿。一个男人如果没有一件大袍，那是很没面子的事情。我在非洲结识的一些政府官员，平时在办公室里遇见他们，个个西装革履，但在节假日遇见他们，则个个大袍加身，由此可见他们对大袍的重视。

在我们外人看来，非洲人穿大袍好像很随意，其实大缪。他们穿大袍实际上是很讲究的。大袍既是礼服，又是外套，它必须配上同样颜色的内衣、裤子和帽子。如果光膀子穿大袍，会被人耻笑，会被人视为不得体。

马里人穿大袍时，不仅内衣、裤子和帽子要与大袍配套，连鞋子也要与之配套。

　　我在非洲见到的穿大袍最讲究的，要数科特迪瓦人了。他们所穿大袍的颜色、绣花的图案，乃至戴毡帽还是缠头巾，都要根据大袍主人在部族和家族中的地位来确定。从大袍的颜色就可以判断出其地位的尊卑，科特迪瓦所谓的"蓝人"和"白人"就是由大袍的颜色来决定的。

# 10.　话说面纱

阿拉伯妇女戴面纱并非因为信仰伊斯兰教，早在伊斯兰教创立之前，阿拉伯妇女就有戴面纱的习俗。

伊斯兰教教义认为，妇女全身都是羞体，女孩子长到10岁，全身就必须遮盖起来，如果要出门，就必须戴面纱，把脸也遮盖起来。古代阿拉伯妇女戴面纱的习俗正好契合了伊斯兰教的教义，所以，伊斯兰教肯定了这个传统习俗，并流传至今。

西方媒体和女权主义者对于阿拉伯穆斯林妇女戴面纱的习俗一直持批评的态度，认为戴面纱是对女性的歧视，面纱禁锢了妇女的身心自由，遮盖了女性的形体美，阻断了现代的社交活动和国际交往，阿拉伯妇女的服饰需要一次"解放"。

那么，面纱是否禁锢了妇女的身心自由、遮盖了她们的形体美？当地阿拉伯妇女对于戴面纱持何种态度？戴面纱是否影响了她们的社交活动？

对于这些问题，我在曾经工作过的几个马格里布国家做过一些调查。虽然同样是伊斯兰国家，但是，由于各国在政治、经济、文化等方面的差异，对于女性戴面纱的看法差异很大，女性自己对于戴面纱的态度也不尽相同。

例如：阿尔及利亚和摩洛哥互为邻国，都是北部非洲地中海沿岸的阿拉伯伊斯兰国家，居民信奉的都是伊斯兰教，而且同属逊尼派；但是，这两个国家妇女的服饰却有很大的差异。

摩洛哥虽然是伊斯兰国家，但随着时代的变迁，摩洛哥人的服饰在式样和色彩方面都发生了很大的变化，特别是女性服饰，变化尤其大。现在的摩洛哥妇女已经很少戴面纱，那种黑色的或素色的、只露出两只眼睛的面纱已经成为历史。取而代之的是时髦的西式服装，特别是在卡萨布兰卡等观光旅游城市，穿着入时、年轻漂亮的阿拉伯女郎比比皆是。

从20世纪90年代起，阿尔及利亚女性的服饰与邻国摩洛哥女性的服饰形成了鲜明的对比。阿尔及利亚妇女，不论年轻的还是年老的，每个人都是长袍裹身，每个女人都只能露出手和脚。即使在烈日炎炎的夏天，妇女也绝不能露出胳膊和小腿，更不能袒胸露怀，嘴巴和脸颊也不能露出来。

妇女的长袍实际上是一块很大的布，她们用这块布由腋下绕起，裹住全身，再在腰部系上一根带子。妇女穿长袍时，与之搭配的是罩在头上的头巾和面纱。面纱是用丝绸做的，主要有白色和黑色，形状有方形、三角形、菱形、五角形等。妇女外出时，要用面纱罩住整个头部，只露眼睛。

另外，女性戴面纱的习俗，即使在同一个国家，不同地区之间也可能存在比较大的差异。例如：在阿尔及利亚的邻国突尼斯，其沿海地区的城市，几乎看不到妇女戴面纱；而南部山区的农村妇女戴面纱的现象则非常普遍，那里的妇女身上裹的是黑色的长袍，头上罩的是只露出一只眼睛的黑色面纱。

# 11. 女人的"三块布"

黑非洲女人的传统服装叫"帕涅",俗称"三块布":第一块布作为披肩,披在上半身;第二块布作为裙子,往腰间一缠,两个布角往里一塞;第三块布作为头巾,缠绕在头上。

按照当地习俗,女人穿帕涅是成熟的标志。女孩子初潮之后,要由母亲用帕涅将她妆饰起来,全家人要举行庆祝仪式,祝贺女孩长大成人。

女孩穿上帕涅意味着从女孩变成了女人,要开始对家庭和社会承担责任。家族聚会,如婚礼和其他庆典活动时,全家族的女人都要穿帕涅。这种场合,如果谁穿西式衣裙,一定会受到人们的耻笑。

黑非洲女人的传统服装虽然式样基本一致,但是在色彩和图案方面,不同国家和部族之间还是存在着很大差异的。例如:居住在大西洋沿岸的妇女所穿戴的帕涅大多比较华丽,色彩也比较鲜艳,而居住在撒哈拉沙漠地区的妇女,其帕涅则比较素净,有的甚至是靛蓝色的。

至于帕涅上的图案则更是多姿多彩,千奇百怪,既有各种各样的几何图形,也有花卉和动物的图案,许多图案还与不同历史时期的历史事件、政治潮流及人际关系有关。例如:在某个国家的总统选举的年份，该国的妇女常常会穿印有自己所拥护的总统候选人头像的帕涅，而印有当红歌星头像的帕涅则深受年轻姑娘们的喜爱。

走在大街上，还经常可以看到不少妇女用帕涅上的图案来表达自己的感情。例如：有的帕涅上的图案为"四只人的脚"，寓意两个人寸步不离，显示夫妻恩爱；还有的帕涅上画着一只眼睛，显示自己的热情与大胆。

帕涅中的头巾对非洲女性来说尤其重要。非洲女性心里很清楚，她们的头发短而且卷曲，梳理起来非常困难。唯一能弥补这一缺点的是戴头巾，戴头巾可以掩盖她们头发短而卷曲的缺点。所以，她们对用头巾打扮自己尤为重视。

在这一方面，西非地区的尼日利亚妇女格外用心，她们的头巾布比其他地区妇女所用的头巾布要长许多，她们用头巾包出来的头饰有二尺多高，而且花样繁多。

非洲妇女选择头巾布的时候，非常注意头巾和衣服、裙子之间的搭配，不但布料要相同，连颜色和图案都要一致，否则会被认为穿衣没有品位。

毫不夸张地说，黑非洲女人的一生都与帕涅有着不解之缘。女孩子一出生，母亲就用帕涅把她包裹好；之后又由妈妈用帕涅背在背上逐渐长大；初潮时，同样由母亲用帕涅将其妆饰起来。

女人结婚时，更是离不开帕涅，男方送的彩礼和娘家的嫁妆中绝不会少了帕涅。

等到女人离开这个世界时，家人会用她生前最喜爱的帕涅来包裹她的身体，风风光光地送她到另一个世界去。

# 12. 从"三点式"到一只眼

比基尼泳装，亦称作三点式泳装，出现于20世纪50年代。三点式泳装自问世以来，一直被视为女性时尚服装的标志。

20世纪80年代，中国改革开放的大门刚刚打开，三点式泳装在当时的中国绝对是一件新鲜事物。我和许多人一样，那时候也只是在电视里见过。

可是，1987年夏天，当我来到阿尔及利亚首都阿尔及尔的海滨浴场时，却见到了令人难以置信的一幕：在游人如织的金色沙滩上，身着艳丽比基尼泳装的阿拉伯少女比比皆是；在碧波荡漾的海水中，身穿三点式泳装的时髦女郎也随处可见。三点式泳装当时在阿尔及利亚已经相当普及。

这种西方女性的时尚服装不但为阿尔及利亚广大女性所接受，而且得到她们的喜爱。在一个传统的伊斯兰国家，三点式泳装，这种使女性身体大面积暴露的服装如此流行，使我感到非常惊讶。

阿尔及利亚女性服饰的时尚与开放，不仅表现在泳装方面，平时的装束也都比较时兴。在首都阿尔及尔的大街上，放眼望去，满目尽是衣着时髦的阿拉伯女郎，她们不仅服饰光鲜，而且打扮入时。

我在阿尔及利亚工作了4年，于1990年回国，当地女性新潮的服饰和时髦的装束给我留下了深刻的印象。

　　时光荏苒，光阴流逝，转眼10年过去。2000年的夏天，我又一次来到阿尔及利亚。按理说，旧地重游，应该感到高兴，但我怎么也高兴不起来，反而有一种莫名的惆怅。

　　当我循着往日的旧路来到海滨浴场时，非但没有见到身着三点式泳装的妙龄女郎，连游人也没有见到几个，昔日游人如织的沙滩如今变得冷冷清清了。

　　我又到阿尔及尔市中心的步行街转了一圈，昔日那些衣着光鲜时尚、打扮入时的阿拉伯少女不见了，出现在我面前的是一群群灰袍飘飘的女性。她们头上裹着硕大的灰色头巾，身上穿着灰蒙蒙的传统长袍，远远望去，大街上灰蒙蒙的一片。

　　过了几天，恰逢附近小镇赶集日，房东邀我一起去赶集。我来到集市一看，妇女们不但身穿黑色的传统长袍，而且裹上了黑色的头巾。最令人感到不可思议的是，她们在黑色头巾的外面还蒙上一块硕大的黑色面纱，将整个面部全部盖住，只露出一只眼睛。

　　面对着黑袍飘飘的集市，我不禁感到疑惑，短短10年时间，阿尔及利亚妇女的服饰为什么会发生如此大的变化：从时尚的三点式泳装到只露一只眼的黑色长袍，这中间到底发生了什么？这个问题的答案，当地人心里最清楚。

# 13. 圣袍和法杖

走在埃塞俄比亚首都亚的斯亚贝巴的大街上，经常可以看到当地男人身披一块白布，手握一根木杖。我去过亚的斯亚贝巴很多次，但始终不清楚当地男人为什么要身披一块白布？那根木杖到底有什么用？这又是一种什么风俗习惯？我一直想找一个当地人问个清楚，但总没有机会。

后来，我终于碰上了一个在中国公司打工的当地小伙子，他能说一口流利的中国话，人称"中国通"。有一天，我和"中国通"在大街上恰好遇见一个身披白布、手持木杖的男人，我便向他提出了我一直想问的那些问题。

"中国通"告诉我，东正教在埃塞俄比亚人民的生活中占有很重要的地位，埃塞俄比亚有很多人信奉东正教。凡是东正教的信徒，都要身披一块白布——信徒称之为圣袍。信徒的家里再穷，也要置办一件这样的圣袍。一个东正教的信徒如果没有一件圣袍，那是不可想象的事情。

至于那根木杖，是用来驱赶妖魔鬼怪和对付野兽的，叫作法杖。

"中国通"的介绍，我觉得过于牵强附会，将信将疑。那块白布，顶多算个披巾，说成"圣袍"实在名不符实；而那根木杖，说是用来驱赶妖魔鬼怪和对付野兽的，可城里哪有什么野兽需要防御？

看到我将信将疑，"中国通"便拉着我去追前面一个披"圣袍"的男人，说是让"圣袍男"再给我详细讲讲这种风俗习惯。追上"圣袍男"后，我看到他披着的是一块长方形的白色纺织品，纱支很细，质地不错，薄而柔软。那根木杖大约有1米多长，看上去，很像中国农村常用的擀面杖。

听"中国通"讲明来意后，"圣袍男"非常热心地给我讲述了他们的这种习俗。"中国通"的翻译虽然不是太精准，但大概意思我听懂了。"圣袍男"的讲述和"中国通"先前给我介绍的差不多。至于那根木杖，"圣袍男"也说是用来驱赶妖魔鬼怪和对付野兽的。我说："在野外，木杖确实可以用来驱赶野兽，用来防身，但城里又没有什么野兽，你们为什么还要手执一根木杖？""圣袍男"似乎也很难回答这个问题，最后只好说他们的祖先就是这样传下来的。

习俗这东西，有时确实是说不清道不明。要不，为什么叫习俗呢？

# 14. 女为悦己者容

也许我在黑非洲待的时间太长了，所以对当地黑人的文身习俗早已习以为常。但埃塞俄比亚卡洛族女子身上的文身图案，却使我惊叹不已。

卡洛族是埃塞俄比亚的一个原始部落，这里的女性都喜欢赤裸上身，向男性展示她们身上的文身图案。尤其是那些有了心仪对象的姑娘，她们为了取悦自己的心上人，不惜忍受身体上的巨大疼痛，在自己的背部和腹部进行文身。

卡洛族女性的文身手术要比黑非洲其他部族女子的文身手术复杂得多，她们忍受的疼痛也要比其他部族的女子大得多。

为她们进行文身手术的巫医在不给她们打任何麻药的情况下，用刀片先在其背部或腹部按她们想要的图案划开一道道口子，然后再将一根根竹签埋到伤口里。图案越复杂，手术的时间便越长，遭受的痛苦也就越大。这种手术的疼痛程度，大部分人是难以忍受的。

被文身者不仅在手术过程中要遭受巨大的痛苦，在手术后，由于刀口处往往会化脓溃烂，所以，她们还要遭受长时间的痛苦折磨。一个女人如果没有忍受巨痛的意志，是绝不可能承受这种痛苦的。

但卡洛族女子为了取悦自己的心上人，却心甘情愿忍受如此残酷的折磨。

每当我看到卡洛族女子背上那一道道疤痕时，总是会想起中国的那句古语："士为知己者死，女为悦己者容"。在我看来，卡洛族女子甚至已经到了"女为悦己者死"的地步，要不，她们怎么能忍受如此巨大的痛苦呢？

采用这种在伤口里填埋异物的文身手术，伤口在愈合后疤痕会微微隆起，而由这一道道微微隆起的疤痕所组成的各种图案，便是令卡洛族男子神魂颠倒的美丽而神奇的图案。在卡洛族男子看来，拥有这种图案的女子，是最性感的尤物。

在我们外人看来，卡洛族女子身上的文身疤痕就像在棕色的缎面上粘上了一颗颗细小的鹅卵石。而这些疤痕所构成的图案也是多种多样的，有的犹如在海滩上留下的一串串脚印，有的就像在林中用鹅卵石铺成的小路，图案倒是显得十分别致，也颇有情趣。不过，为了追求这种情趣，卡洛族女子们所付出的代价也实在太大了。

# 15. 靠沙"吃"沙

常言道："靠山吃山，靠水吃水。"生活在撒哈拉沙漠南缘的图阿雷格人则靠沙"吃"沙。沙子是他们生活中必不可少的，他们也因此成了世界上最会利用沙子的民族。

众所周知，沙漠里缺水，图阿雷格人便以沙代水。当他们在野外劳动时，清洗手脚几乎都是以沙代水。

图阿雷格人一般都是穆斯林，按照伊斯兰教教规，穆斯林每天要做5次祈祷，每次做祈祷前都必须用水做小净。而沙漠中水源奇缺，于是，图阿雷格人便用沙子做小净。

图阿雷格人吃饭也离不开沙，他们的主食是一种用面粉做的大饼。烤大饼前，他们先在地上挖一个平底的坑，然后在坑中用木柴生火，等到木柴烧成火炭时，再将面粉做成的、裹着细沙的生面饼埋到火坑中去。经过10至15分钟的烘烤以后，他们把面饼从火堆中取出，并用手拍打面饼，将裹在面饼上的细沙抖掉，松脆的面饼就这样烤成了。

图阿雷格人住的是帐篷，他们并没有现代概念中的床，睡的是"沙床"。所谓"沙床"，就是在一块沙土地上，铺上一层筛过的细沙。睡在这样的"沙床"上，不仅柔软舒适，而且阴凉透气。"沙床"用一段时间之后，为保持清洁卫生，他们会更换细沙。

　　撒哈拉沙漠里昼夜温差很大，夜间的温度有时甚至会降到零下。长期睡在这种"沙床"上的人很容易患风湿病。图阿雷格人治疗风湿病采用沙疗法。最常见的沙疗法有两种：一种是先将被太阳晒得滚烫的热沙装入布袋，然后将沙袋绑在病人患病的部位；另一种是将病人抬到沙地上，直接将晒热的沙子覆盖在其患病的部位，这样的"沙疗"不花一分钱。

　　"沙藏"是图阿雷格人用沙子储藏食物和水的方法。沙漠地区炎热干燥，为防止水变质和蒸发，图阿雷格人常常把储水容器埋到沙地下，从沙地下的储水器中舀出的水，不但清洁卫生，而且清凉可口。把粮食和食物埋入沙中更是图阿雷格人经常使用的储藏方法。

　　图阿雷格人生活在沙漠之中，他们靠沙吃"沙"，他们的生活一刻也离不开沙，他们是撒哈拉沙漠真正的主人。

# 16. "接风洗尘"

突尼斯位于北非，东边是浩瀚的撒哈拉大沙漠，北边是碧波荡漾的地中海，是世界上少数几个兼具海滩、沙漠和山地等不同风景，又有丰富多元历史文化的国家。

1995年4月，我随国内一个医药小组赴突尼斯等国考察。因为南京大学一个校友当时正在我国驻突尼斯大使馆经济商务参赞处工作，所以，我们一行四人便下榻于经商处。

来到突尼斯的第二天，突尼斯医药公司总经理便热情邀请我们前去做客。去该公司之前，老校友特意向我们介绍了突尼斯迄今仍然流行的一些传统的、独特的迎接客人的见面礼仪，尤其是泼水迎接嘉宾的习俗。

每逢有客人到访，特别是第一次到访的客人，突尼斯人往往男女老少合家出动，浩浩荡荡簇拥着客人前往河边、池塘边或湖岸边，请客人洗洗脸、漱漱口。主人要亲自用手捧起水浇在客人的脸上，如果是贵客，还要用水浇一浇客人的衣服，以表示对客人的欢迎和尊重。当地人称之为"为客人洗脸"，颇有点中国人常说的为客人"接风洗尘"的味道。

老校友提醒我们，如果遇到这种情况，千万不要感到意外或表现出不悦，而是要显得非常高兴，若作欣喜若狂状则更好，并要向主人一家再三表示感谢。

老校友绘声绘色的描述，使我们一行四人对这种泼水洗尘的迎宾礼仪充满了期待。

可是，第二天当我们到达突尼斯医药公司大门口的时候，主人并没有向我们泼水，也没有为我们"洗尘"，而是用国际通行的欢迎方式——握手来欢迎我们，这多少有些令我们感到失望。

不过，主人虽然在我们到达时没有为我们泼水洗尘，但在工作会谈结束后，特意在一家著名的阿拉伯餐厅举行宴会，为我们接风洗尘。席间，主人请我们品尝了突尼斯民间的传统美味佳肴——库斯库斯。

库斯库斯看起来像小米，其实是用硬质小麦面粉蒸出来的米粒状面食，再佐以干果、蔬菜、鹰嘴豆、羊肉、牛肉、鸡肉等。库斯库斯不仅制作工序烦琐，费时费力，而且价格不菲，所以，突尼斯人只有在款待贵宾时才会上这道菜。

# 17. 农妇捕鱼乐

　　尼日利亚、贝宁和多哥等西非国家的沿海地区，潟湖星罗棋布，湖内多产罗非鱼和鲇鱼，渔业资源十分丰富。

　　当地许多部族在长期的渔业生产活动中，逐渐形成了捕鱼比赛的习俗。其中，尤以尼日利亚阿尔贡古城的捕鱼比赛最为著名，该城的捕鱼比赛现如今已发展成尼日利亚全国性的捕鱼节。

　　阿尔贡古城的捕鱼节一般在每年的2月末。每年从尼日利亚各地和邻国赶来参加比赛的捕鱼能手都有3000多人。

　　捕鱼节当天，里马河两岸人山人海。随着当地酋长一声令下，3000多名选手一齐跳入河中。不到一刻钟光景，河里的上万条鱼就会被一抢而空，其场面十分壮观。

　　除了这种紧张激烈的捕鱼比赛场面以外，我在当地还经常看到许多农村妇女在劳动之余，下河捕鱼、嬉戏的场面。

　　西非地区的雨季，气候炎热，雨水充沛，下过几场雨之后，田野里大大小小的池塘马上就恢复了生机。旱季里枯黄的水草很快泛出了新绿，久违的水鸟也不知什么时候又出现在了波光粼粼的水面上。

　　田野经过雨水的洗礼，已经变得郁郁葱葱，田里的棉苗和杂草都在疯长，农妇们已开始忙着给棉苗锄草。

在这个季节里，如果你到西非农村的棉田走一走，会惊奇地发现，这里完全是女人的世界。地里锄草的，清一色是裸露着上身的女人，而且所有女人，不论年老的还是年轻的，背后全都用布兜背着一个小孩。

每天下午2点钟左右是当地最热的时候，天空中没有一丝云彩，灼热的太阳像火球一样高悬在空中，地面的温度越来越高。由于棉花和杂草长得密密实实，棉花地里热得简直像蒸笼一样。锄地的农妇们个个热得汗流浃背，她们背上的孩子因为受不了太阳的暴晒，已经开始哭闹。

为了避一避火辣辣的太阳，有的农妇会背着孩子去田间地头的树荫下休息；而那些年龄不太大的农妇们，则会背着孩子到棉田中间的一些池塘里去游泳和捕鱼。

分布在田野里的那些池塘有大有小，当地人统统称之为"湖"。这些"湖"里生长着一种鱼——一种无鳞鱼，体表多黏液，背部黑色，有两对须，俗称"鲇胡子"。据当地人讲，这种鱼生命力极强，在旱季里，有时候池塘里的水都干涸了，"鲇胡子"还能在烂泥里存活下来。

年轻的农妇们来到池塘边上，解下背上的孩子，把他们放到池塘边的草地上。

放下孩子以后，她们开始脱衣服。也许是习惯成自然，这里的农妇们在我们这些外国人面前脱衣服时，一点儿也不害羞，丝毫想不到回避。当她们落落大方地脱得只剩下裤衩时，便迫不及待地跳进池塘里。

顿时，池塘里就像开了锅一样，笑声和叫喊声响成了一片。嬉戏打闹一阵后，农妇们开始抓"鲇胡子"。

当地农妇抓"鲇胡子",没有任何捕鱼的渔具,全凭她们的两只手,真正是"空手套白狼"。

她们七八个人围成一圈,手脚并用,将"鲇胡子"向圈子中间赶。随着圈子越来越小,发现"鲇胡子"的机会也越来越多,农妇们的双眼都紧盯着水面,只要发现"鲇胡子"的踪迹,农妇就会马上张开双手,猛扑过去。

然而,由于"鲇胡子"身体表面有一层黏液,所以很难抓。有时候,有的农妇捉到手的"鲇胡子"又滑落到水里,引得大家一阵阵欢笑、尖叫。

那些有经验的农妇在看到鱼时,并不马上出手,而是耐心地等待鱼游到面前才迅速出击,一旦抓住,立即毫不迟疑地甩到岸上去。她们的动作不仅迅速、连贯,而且干净利索,常常赢得岸边孩子们的阵阵喝彩。

当年轻的农妇们还在水中捕鱼的时候,岸上的小女孩们已开始在田野里捡柴火。农妇们告诉我,她们抓到的"鲇胡子"并不带回家,而是在田野里生火烤着吃。

捡柴火的小女孩们除了捡枯树枝做柴火外,还会捡回几块大石头。年纪大的农妇则将这几块大石头垒成一个"U"字形的"灶台",并把柴火架在灶台上,开始生火。由于枯树枝很干燥,篝火很快就燃起来了。

看到熊熊的篝火升腾起来,在池塘里捕鱼的农妇们赶忙爬上岸来,连衣服也顾不得穿,就忙着在岸边的草丛里寻找那些刚刚被扔上岸来的"鲇胡子"。

每找到一条"鲇胡子",她们就将一根手指粗的树枝从"鲇胡子"的嘴里插进去,作为烤鱼时的扦子。

接下来的烤鱼场景更是热火朝天，农妇们纷纷将穿插在树枝上的"鲇胡子"置于熊熊的篝火之上。刚刚置于熊熊火苗上的"鲇胡子"，尾巴还在不停地摆动，可是，不一会儿工夫，它们就停止了挣扎，尾巴也卷了起来。

小孩子见状，以为鱼已经烤熟，就急急忙忙往嘴里送。可是，一口咬下去，鱼尾巴又乱摆起来，原来鱼并没有死透，只好放到火上继续烤。

年纪大的妇女则有经验得多，她们将"鲇胡子"置于火苗之上，反反复复地烤，直到鱼身变成焦黄色，才用牙慢慢撕咬。

太阳西斜时，农妇们的"烤鱼宴"也接近尾声了。在众人的嬉笑声中，一条条活蹦乱跳的"鲇胡子"变成了一条条长长的骨架。

农妇们纷纷穿上衣服，背上孩子，头顶着烤鱼用剩下的柴火，迎着夕阳赶回家去。

# 18. 尼日尔河河心岛烤鱼

尼日尔河，西非的母亲河。从尼亚美乘船顺尼日尔河而下，可以饱览尼日尔河两岸的非洲原野风光，时不时还可以观赏到河中成群戏水的河马。不过，泛舟尼日尔河，最令人神往的还是尼日尔河中的河心岛——布邦岛。

布邦岛是尼日尔河上一处著名的游览胜地，岛上盛开的百花争奇斗艳，热带的林木苍翠欲滴。风味独特的草顶旅馆常常隐没在浓密的树荫下，而著名的尼日尔"鱼吧"却设在杂草丛生的河滩上，野味十足。

尼日尔河盛产一种银白色的鱼，其背上有三道黑杠，看上去好似上尉军官的肩章，人们因此称这种鱼为"上尉鱼"。

"上尉鱼"体型巨大，味道鲜美。我在尼日尔工作期间，曾经买过一条重达75千克的"上尉鱼"，要两个人才能抬起来。

凡是到布邦岛游玩的游客，没有人肯错过炭烤"上尉鱼"这道美食，布邦岛上因此开了很多家风味独特的尼日尔"鱼吧"。

所有风味独特的尼日尔"鱼吧"都开在靠近河边的河滩上。为了遮阳，也或者是为了增加点情调，店主在长满野草的河滩上，撑几把色彩鲜艳的巨大遮阳伞，再在遮阳伞下摆放一些塑料桌椅和烤炉，一个尼日尔"鱼吧"就算建成了。

我至今还清楚地记得第一次和当地的尼日尔朋友光顾尼日尔

"鱼吧"时的情景。

那一天，当我们在一家"顾客盈门"的"鱼吧"坐下来，要求服务员提供菜单时，他却把我们带到了河滩尽头的一排木桩前，并且骄傲地对我们说，他们"鱼吧"里提供的"上尉鱼"全是活的，都养在河里。说话间，他将拴在一根木桩上的一条尼龙绳从河里提了起来，只见尼龙绳上拴着一条不停挣扎的"上尉鱼"，这条鱼大约有30厘米长，拴鱼的尼龙绳从鱼鳃穿进去，从鱼嘴穿出来。由于尼龙绳的摩擦，这条鱼的嘴和鳃都已受伤，不过，它依然活着。

看到我对这条"上尉鱼"不太满意，服务员马上又从水里拉上来另外几条"上尉鱼"。最终，我选择了一条50多厘米长的、活蹦乱跳的"上尉鱼"。

我和服务员拎着这条"上尉鱼"回到"鱼吧"时，一个十几岁的小姑娘迎上前来，她接过了"上尉鱼"，并把它放在草丛中的一块石头上。只见小姑娘举起一把非洲人砍草用的大砍刀，对着"上尉鱼"的鱼头猛拍了两下，刚才还活蹦乱跳的"上尉鱼"便马上不动了。

紧接着，小姑娘又用这把大砍刀给鱼刮鳞、开膛和摘除内脏。别看小姑娘年纪不大，杀鱼倒是非常熟练和利索，前后不到半小时，一条硕大的"上尉鱼"已经被剖成两个半片，干干净净地摆在了烤炉的铁丝网上。

烤炉是用废旧的汽油桶做的，汽油桶被纵向剖成两半以后，在剖面上蒙一层铁丝网，烤炉就算做成了。炉膛里的木炭烧得很旺，稍稍靠近，便觉得手脸发热。

烤炉上的"上尉鱼"烤了大约七八分钟，朝火的一面就由白变黄，又由黄变焦。小姑娘见状，马上将其翻了个个儿，接着烤刚才背火的一面。

过了不一会儿，烤炉中忽然有烟升起，原来有一片鱼鳍着火了，小姑娘赶忙过来用手将火掐灭。

看到鱼肉烤至焦黄，小姑娘便用一根铁叉将焦黄的鱼肉装到盘子里，并配上洋葱和柠檬送到我们面前。

焦黄的鱼肉又香又脆，再滴上几滴柠檬汁，味道非常鲜美，炭烤"上尉鱼"确实名不虚传。

但由于"上尉鱼"的鱼肉太厚，当外层焦黄的鱼肉吃完以后，面对中间白花花的鱼肉，大家都感到有些难以下咽，便向服务员索要佐料。

听说我们要佐料，小姑娘马上找来几个青辣椒和几瓣蒜，把它们放到一个木臼中，用杵不停地捣，不一会儿工夫，一碟特制的"辣椒蒜泥"就送到了我们面前。

当我们将白花花的鱼肉蘸上这种特制的"辣椒蒜泥"再吃的时候，都觉得这是绝配。

# 19. 吉卜赛人的大篷车

从阿尔及利亚首都阿尔及尔出发，沿海边公路向西行驶不到1小时，便可到达阿尔及利亚著名的旅游胜地——舍尔舍勒。这里有雄伟的斗兽场、宏大的庙宇、戏院、教堂等古罗马城的遗址，每年都会有大批欧洲游客来此游览。

20世纪80年代，我在阿尔及利亚工作期间，曾多次去这个美丽的古镇。有一次，我还在那里遇到一支吉卜赛人的大篷车队，并观看了一场原汁原味的吉卜赛歌舞。

那天傍晚，在我们下榻的旅馆前的广场上，忽然来了好几辆带篷的皮卡车。旅馆的门童告诉我说，这是吉卜赛人的大篷车，并特意提醒我们，今晚在旅馆前庭有吉卜赛人表演歌舞。

提到吉卜赛人，同行的小张马上兴奋地说："也许我们今天晚上还能见到叶塞尼亚那样的美女。"他所说的叶塞尼亚是墨西哥电影《叶塞尼亚》中的女主人公，那是一个美丽而纯洁的吉卜赛女郎。而我想到的，则是西方文学中经常出现的吉卜赛人的形象。

在大多数西方文学作品中，吉卜赛人总是显得非常神秘，他们似乎永远和女巫、占卜师、乞丐和人贩子这些名词联系在一起。对于能在北非地区见识到现代文明社会中的吉卜赛人，我们还是蛮期待的。

夜幕降临，旅馆前庭聚集了许多人。旅馆门童特意为我和小张找来两把椅子，并把我们安排到前面较好的位置。

大约等了一刻钟光景，吉卜赛人终于现身了。首先登场的是三个脸庞黝黑的男乐手，一个背着手风琴，另一个背着吉他，第三个手持一种我们不认识的类似葫芦丝的乐器。

随着手风琴声响起，两个舞者出场了。我有点失望，吉卜赛舞女的典型标志——红唇和红裙并未出现。按理说，男女双人舞应是吉卜赛歌舞中最动人心魄的节目；但两位舞者不仅相貌平平，舞技也乏善可陈，最后在稀稀拉拉的掌声中结束。

紧接着，是三个年龄相近的女孩子表演群舞。三个女孩子虽然容貌并不漂亮，但舞蹈动作大胆而热烈，她们不时向男观众抛媚眼、送飞吻。场内的气氛一反上个舞蹈的沉闷，掌声和尖叫声不断。

接下来，是一个中年妇女的独舞，为她伴奏的乐器也由手风琴换为那个类似葫芦丝的乐器，还有一个男演员为她伴唱。

音乐旋律变得舒缓和凄清，那个男子的歌声似乎也带着淡淡的忧伤。我们虽然听不懂他在唱什么，但是能够感觉到他好像是在诉说吉卜赛人的流浪生活，现场的气氛也变得凝重起来。

整场表演持续了一个多小时。我们粗略数了一下，整个乐队也就十来个成员，大多数演员要反复登场表演。

在整个表演过程中，始终有一个七八岁的小女孩托着一面小鼓向观众索要赏钱。很多年过去了，当年吉卜赛人的舞姿在我的脑海里早已模糊不清了，但那个索要赏钱的小女孩的眼神，我却始终没有忘记。

# 20. 跳舞乞讨

我在拙作《非洲乞丐面面观》一文
中，根据非洲乞丐的乞讨方式，将他们分为三种
类型。

第一种为纯乞讨型乞丐，这是"丐帮"的主体，他们大概占
到乞丐总数的八成以上。他们或聚集于城市主要街道的红绿灯
下，向来往驾车人行乞，或沿商业大街向各家商铺行乞。

第二种为劳动型乞丐，他们有的在红绿灯路口帮驾车人擦拭
车窗玻璃，有的在汽车站为旅客搬运行李，等等。这些人大约占
乞丐总人数的一成左右。

第三种为职业型乞丐，如民间巫医、民间歌手等，这些人与
纯乞讨型乞丐有很大不同，他们是靠自己的专长为别人服务而获
取报酬的，但因其社会地位低下，通常也被人们称作乞丐。

我到过许多非洲国家，见识过非洲乞丐各种各样的乞讨方
式，所以才有了以上的"乞丐分类法"。我曾一度以为，这样的
分类已经非常全面，几乎可以涵盖所有乞丐。但是，一次埃塞俄
比亚之行却使我大开眼界。因为，我在其首都亚的斯亚贝巴街头
见到了一种前所未见的行乞模式——跳舞乞讨。

亚的斯亚贝巴位于恩托托山脚下，城内多坡道。在几处繁华
的坡道路段，车辆通行比较缓慢，常常可以看到三三两两的小

孩站在路边，大多是十几岁的小孩，都很瘦，衣不蔽体。每当车辆从他们身边缓缓通过时，他们就会旁若无人地扭动起来。舞姿虽然不漂亮，但他们似乎都十分投入，完全是一副自娱自乐的样子。

不过，一旦红灯亮起，车辆停驶，他们便马上停止舞蹈，飞快地向汽车奔跑过去，大声讨要"小费"，嘴里不断呼喊着："钱！钱！钱！"有时候，有的车辆已经开动，他们仍然紧追不舍，跟在汽车后面奔跑。

小孩子的追逐常常会招来司机的呵斥和警察的责骂，但他们根本不当一回事。当孩子们身旁的车流再次慢下来的时候，他们马上又开始舞蹈，就好像刚才什么也没有发生过。

著名文化学者余秋雨先生说："因一时的灾荒行乞求生是值得同情的，但当行乞成为一种习惯性职业，进而滋生出一种群体性的心理文化方式，则必然成为社会公害。"但愿这些十几岁的孩子千万别把乞讨作为一种职业，那样会毁了他们的一生。

# 篇二

# 非洲名城赋

苍凉的废墟，

古老的城堡，

寂寞的老街，

历史在这里隐藏；

林立的高楼，

如云的商铺，

似水的车流，

历史在这里转折。

# 1. 非洲文化的摇篮

## ——巴马科巡礼

马里历史上曾经是加纳帝国、马里帝国、桑海帝国等西非统一大帝国的中心地区，拥有悠久的历史和灿烂的文化。自古以来，马里就是非洲南北地区文化交流和贸易往来的要道，素有非洲文化摇篮之称。

## （一）美丽的鳄鱼城

马里首都巴马科地处热带草原地区，终年炎热干燥，是世界上最热的几个城市之一，被人们称为"世界火炉"。

巴马科坐落在尼日尔河上游的西北岸，宽阔的尼日尔河从城市南面静静地流过。"巴马科"一词在马里班巴拉语中意为"鳄鱼河"，相传500多年前，尼日尔河中的鳄鱼成群结队，巴马科由此得名。许多外国游客亦常常称其为"鳄鱼城"。

巴马科约建于1650年，曾经是马里王国的商业中心，在很长一段时间里，巴马科是撒哈拉商道贸易主干线上的货物集散地。1883年，法国占领巴马科，1920年，巴马科成为法属苏丹的首府。1960年，马里独立，定巴马科为首都。

今天的巴马科已经成为市面繁荣、风景秀丽的现代化城市。

一座1200米长的巴马科大桥跨越尼日尔河，将巴马科市区的南北两部分连接起来。

巴马科终年绿树成荫，鲜花盛开，风景优美。巴马科大桥以北，有以刚果民族英雄卢蒙巴的名字命名的自由广场，还有独立大道、国家图书馆、大清真寺、友谊宾馆、非洲发展银行以及马里政府的部分办公机关。

巴马科大桥以南是环境幽静的使馆区和一片片新建的住宅区。

巴马科城区的北面是青翠的山峦，西北的库鲁巴山高约480米，登上山顶，可以饱览巴马科市的秀丽风光。

库鲁巴山曾经是法国总督府所在地。现在，总统府、外交部、计划部和卫生部等国家机关都设在这里。

巴马科还是马里的文化艺术中心，这里有西非地区最古老的博物馆，馆内陈列着马里历史上许多珍贵的文物。

## （二）隆重的比哪节

马里的民族音乐在非洲大陆极负盛名，马里人能歌善舞。为普及和提高民众的文化艺术水平，马里政府每两年举办一次"全国文化艺术和体育比哪节"。比哪节是马里规模最大最隆重的民间节日。比哪节一般在当年的7月上旬举行，历时一周。

节日期间，马里著名的戏剧家、歌唱家、舞蹈家、演奏家以及优秀运动员从全国各地汇集到首都巴马科，各展风采。

比哪节的活动丰富多彩，除了传统的文化艺术表演外，还要举行传统的民间体育比赛，如摔跤、拳击、射箭、赛马等。

在比哪节的歌舞活动中，传统的游吟诗人扮演着十分重要的角色，既善于以通俗易懂的语言、声情并茂的吟唱形式，演唱西非地区以及本国的历史故事、神话传说及史诗，也编写和演唱与现实有关的歌曲。

"贡巴舞"是比哪节中深受人们喜爱的传统节目，舞蹈动作复杂多变，粗犷有力，在马里民间舞蹈中很有代表性。

"贡巴舞"具有反殖民主义的色彩，比如其"警惕""斗争""战胜困难""取得独立后的欢乐"等场景。

"贡巴舞"的保留节目是表现男子成人礼的热闹场面，在达姆达姆鼓的鼓乐声中，一位包头、染足的姑娘引吭高歌。领舞的小伙子手持响器起舞，其他男子紧随其后，欢呼腾跃。舞蹈完整表现了马里男子成年后，被送进森林接受"割礼"，经受严格训练，然后返回村子，受到乡亲热烈欢迎的热闹场景。

每届比哪节都有许多优秀的音乐、歌舞和戏剧新作同广大观众见面，也有不少文艺新秀脱颖而出。

比哪节现在既是马里全国性的文化、艺术、体育和歌舞盛会，也是马里人民继承民族文化传统、振奋民族精神、丰富群众文化生活的重要节日。

## （三）奇特的祷祝

马里人注重礼貌，讲究礼节，遇到外国人总是主动打招呼、握手问候。但初次踏上这片土地的外国人，很可能会因为马里人的一种奇特的礼节而闹笑话。

繁华的巴马科大街上，行人如织，熙熙攘攘。突然，迎面走来一个人，只见他口中念念有词，热情地向你问好。可是，正当你准备还礼，微笑着问候他的时候，他却好像什么也没有发生，自顾自地走了。

遇到这种情况，你也许会觉得尴尬。其实，大可不必。了解马里风俗习惯的人都知道，你遇见的那个人，一定是马里的班巴拉族人。因为，班巴拉族人有一种非常奇特的问候方式——祷祝。

班巴拉族人遇见熟悉的朋友，会立即将自己的右手放在胸前，一边行走一边问候，从身体问到工作，从个人问到家庭，连对方的父母、兄弟姐妹、妻儿的近况，都要问候一遍。

有时候，双方已经走出去很远了，甚至连对方问候的话音都已经听不着了，他们嘴里还在不停地念祷着。

所以，你在大街上迎面遇见的那个口中念念有词的人，十有八九，并不是在和你打招呼，而是在继续祷祝他的朋友。

# 2. 摩尔人生活的地方

## ——努瓦克肖特札记

非洲大陆西起毛里塔尼亚，东到埃塞俄比亚的狭长地带。这里有若干个部族属于白种人，但他们的肤色和身体结构却介于白人和黑人之间，是一种过渡性人种。毛里塔尼亚的摩尔人就是这些过渡性人种的代表。

### （一）帐篷之国

毛里塔尼亚的摩尔人，分为白摩尔人和黑摩尔人，他们主要是阿拉伯征服者与当地柏柏尔人融合后形成的阿拉伯-柏柏尔人，并且夹杂着黑人血统。因此，几乎每个摩尔人都有柏柏尔人的血统，但绝大部分摩尔人都认为自己是纯正的阿拉伯人，且以此为荣，而不肯承认自己是柏柏尔人。

毛里塔尼亚的摩尔人最重要的标志是摩尔文化和独特的阿拉伯方言哈桑语。

毛里塔尼亚的摩尔人从事的主要生产活动是牧业，同时，他们也像其他游牧民族一样善于经商。

毛里塔尼亚是一个沙漠古国，炎热干燥的气候和逐水草而居的游牧生活，使当地人对帐篷怀有特殊的感情。生活在沙漠和草原上的牧民对帐篷情有独钟，自不必说，就连那些生活在大城市，拥有高级住宅的政府官员、商贾巨富也都喜欢在自家院子里或不远的郊外搭建一顶帐篷。因此，这个国家随处可见帐篷，人们遂将毛里塔尼亚称为"帐篷之国"。

帐篷具有散热快的优点，尤其是在夜间，微风吹进帐篷，凉爽宜人，因此许多人周末度假必带帐篷。

在帐篷里接待客人，也是毛里塔尼亚人的一种高雅的传统礼仪。那些有身份、有地位的上流社会的人士都喜欢在帐篷里接待客人。最令人感到意外的是，毛里塔尼亚一年一度的国庆招待会以及迎接其他国家元首的欢迎仪式也在帐篷里举行，毛里塔尼亚人的帐篷情结由此可见一斑。

## （二）丰富多彩的鱼市

毛里塔尼亚濒临世界三大渔场之一的西北非渔场，渔业资源十分丰富，是毛里塔尼亚的支柱性产业。毛里塔尼亚首都努瓦克肖特有一个西非最大，也是最热闹的鱼市场，这个鱼市场位于渔港附近，离市中心只有5公里。

这个鱼市场在西非地区很有些名气，不仅邻近的塞内加尔和冈比亚等国的大批鱼贩子经常光顾还有很多慕名而来的游客前来观光。这个鱼市场现在已经成为努瓦克肖特一个著名的旅游景点。

每天下午三四点钟，头天夜里出海打鱼的渔船陆陆续续回港。在这个渔港停靠的全都是独木舟和小木板船。这些渔船的船身无一例外地都进行了彩绘，图案丰富多彩，颜色更是鲜艳无比。

每条渔船从远海归来准备靠岸时，在海滩上打零工的人便纷纷蹚水过去迎接。接到渔船以后，一部分人登上渔船，帮助收网；其他人则分列渔船两侧，将渔船向海滩上推。

渔船一到海滩，马上有小毛驴拉的小车赶过来，将渔船上的鱼装上小车，送往鱼市场。

从迎接渔船、收网、推船，到小车前来装卸货，整个过程我没有看到人指挥，但一切都井井有条、环环相扣、有条不紊，其默契程度，着实令人叹为观止。

随着花花绿绿的渔船陆续靠岸，海滩上的渔船一字排开，好似一条彩色的巨龙，一眼望不到头，蔚为壮观。

与海滩上井然有序的劳动场景形成鲜明对照的，是鱼市场里熙熙攘攘的热闹场面。鱼市场里里外外，所有摊位，这时候全都摆满了黄鱼、带鱼、石斑鱼等海货。到这些摊位上来采购的绝大多数是本市居民，他们买的海鲜并不多，但讨价还价的时间还挺长。

从塞内加尔和冈比亚等邻国赶来的鱼贩子们倒是很有经验，他们并不进入鱼市场，而是径直到海滩上去，找那些拉鱼的驴车，与渔民们直接进行交易。

到鱼市场来游览观光的外国游客蛮多的，在热闹的鱼市场里，在繁忙的海滩上，到处都能看到他们的身影。但令人遗憾的是，外国游客因照相而与当地人发生争执的闹剧常常上演。许多外国游客高高兴兴而来，却垂头丧气，扫兴而归。

### （三）别具风味的"烤吧"

伊斯兰教为毛里塔尼亚国教，毛里塔尼亚绝大部分居民信仰伊斯兰教。因此该国严格禁酒，是伊斯兰教世界最封闭的国家之一。显而易见，在这样封闭的国度里，你是无法找到酒吧这类消遣场所的。

努瓦克肖特街头找不到酒吧，却分布着大大小小的土耳其烤肉店。找不到酒吧的外国游客，只能退而求其次，将土耳其烤肉店变成了晚间休闲的场所，很多人因此将这些土耳其烤肉店称之为"烤吧"。

中国人尤其喜欢光顾这种土耳其烤肉店，因为土耳其烤肉的吃法与中国陕西肉夹馍的吃法十分相似。

土耳其烤肉，也叫旋转烤肉，来自世界三大菜系之一的土耳其菜系。

土耳其烤肉所使用的烹饪器具，基本上是一样的：一个垂直放置的立式烤炉，烤炉前竖立的烤肉柱，外加土耳其烤肉专用的削肉刀。

烤肉的原料为牛肉、羊肉、鸡肉等，这些原料肉要提前用秘制的卤汁进行浸泡。经过浸泡的牛肉、羊肉和鸡肉要紧紧地缠绕在烤肉柱上，形成纺锤形或圆锥形的肉坨。

烤制开始后，烤肉柱要不停地转动，烤肉柱上的肉坨也就在炉火上方边转边烤。不一会儿工夫，整个烤肉店就充满了诱人的香味。

有些讲究的土耳其烤肉店，还会在烤肉柱的顶端穿上几个柠檬，让柠檬的汁水不断渗透到肉坨中。

当肉坨呈现金黄色时，厨师会用一把土耳其烤肉专用尖刀，先将烤熟的肉一片片削下来，然后剁碎，拌上青椒、西红柿、洋葱及薄荷，夹进面饼中，这样就可以供客人享用了。

每当夜幕降临，大西洋的习习凉风吹来的时候，努瓦克肖特的街头就充满了土耳其烤肉的香味，大大小小的土耳其烤肉店早已宾客盈门。别具风味的土耳其烤肉店，现在已成了努瓦克肖特街头一道靓丽的风景线，引得无数游人流连忘返。

# 3. 卡萨布兰卡

## ——一部电影捧红的城市

世界上有不少地方是因为一本书或一部电影而出名的。比如伴随着美国作家亚历克斯·哈里的小说《根》热销，以及根据该小说改编的同名电视剧的热播，西非小国冈比亚的嘉福村作为剧中主人公的出生地顿时为亿万人所熟知。再比如美国东部城市亚特兰大，也因为电影《飘》的上演而声名鹊起。

在诸多因影视作品而闻名于世的城市中，摩洛哥的卡萨布兰卡是最为世人所津津乐道的一个。

卡萨布兰卡具有悠久的历史，公元7世纪时，柏柏尔人在这里建立了城市"安发"，意为"高地"。12世纪时，"安发"已经成为一个繁华的贸易中心和商港。

后来，因为当地人染指海盗活动，而遭到葡萄牙人的疯狂报复，"安发"两度被夷为平地。1575年，该城被葡萄牙人侵占，改称"卡萨布朗卡"，意为"白色的房子"。

18世纪中叶，摩洛哥的阿拉伯国王开始重建该城，修建了富丽堂皇的清真寺和神殿，同时赋予这座城市一个新的阿拉伯名字——"达尔贝达"，意亦为"白色的房子"。

18世纪末，西班牙侵占该城后，又将其名字改为"卡萨布兰卡"，在西班牙语中，"卡萨布兰卡"的意思同样为"白色的房子"。

20世纪初叶，在西方列强瓜分摩洛哥的肮脏交易中，法国政府成为摩洛哥的"保护国"，并于1907年8月占领了卡萨布兰卡。

第二次世界大战期间，法国沦陷后，德国纳粹切断了欧洲大陆通往美国的通道。要逃出纳粹魔爪，前往美国，地处北非的卡萨布兰卡就成了前往美国的必经中转地。当时的卡萨布兰卡难民云集，大量谍报人员混迹于此，已然成为"谍都"。

美国的好莱坞影片《北非谍影》（又译为《卡萨布兰卡》）的故事情节，就是在这样的背景下展开的，这是一部爱情与谍战交织的影片。

影片上映时，正值第二次世界大战如火如荼之际，影片讲述的爱情故事以及反战情绪，引起了广泛的共鸣，感动了无数的观众。卡萨布兰卡一夜成名，天下皆知。

第二次世界大战期间，摩洛哥人民积极投身反法西斯斗争，为世界反法西斯斗争的胜利做出了历史性的贡献。同时，世界反法西斯的斗争也大大促进了摩洛哥民族解放运动的发展和壮大。

经过不屈不挠的斗争，摩洛哥终于在1956年3月2日获得独立。独立以后，摩洛哥政府为维护民族尊严，特颁布法令，恢复"卡萨布兰卡"历史上曾经使用过的阿拉伯名字"达尔贝达"。

所以，这座城市有三个名字，两个曾用名"卡萨布朗卡"（葡萄牙语）和"卡萨布兰卡"（西班牙语），一个法定现用名"达尔贝达"。

但这三个名字的意思都是"白色的房子"。人们也许会感到奇怪，为什么葡萄牙人、西班牙人以及阿拉伯人要称这座城市为"白色的房子"？这里有什么奥秘吗？

其实，你只要在这座城市里走一走，答案马上揭晓。你会发现，这座城市里的绝大多数建筑物都是白色的，连海边阿拉伯渔民的小板房都是白色的，整座城市呈现出一种高雅的白色。难怪葡萄牙人和西班牙人当年从大西洋上瞥见这座城市时，会不约而同地高叫："白房子。"

从1956年摩洛哥政府颁布法令，使"卡萨布兰卡"恢复原用名"达尔贝达"至今，时间已经过去60多年了，可是世界上仍有很多人，尤其是美国人和欧洲人，仍然称这座城市为"卡萨布兰卡"，甚至有些人只知道"卡萨布兰卡"而不知道"达尔贝达"。

究其原因，电影《卡萨布兰卡》功不可没，这部电影已经成了卡萨布兰卡经久不衰的名片，这张名片已经用了将近80年，看来还将继续用下去。

# 4. 美丽的"群岛"

## ——阿尔及尔览胜

阿尔及尔位于地中海南岸，阿尔及尔湾西侧，南靠雄伟的泰勒阿特拉斯山脉北麓，坐落在宛如半圆形剧场的两个小海湾之间。

阿尔及尔市的街道和房屋都建在山丘上，迂回起伏，层峦叠嶂，远远望去，犹如一个个小岛飘浮在烟波浩渺的海面上。难怪阿拉伯人当年到达这里，见到如此美景时会脱口而出："阿尔及尔。""阿尔及尔"在阿拉伯语中意为"群岛"。

阿尔及尔是北非著名的历史古城，是地中海沿岸最典型的麦地那式或伊斯兰式城市。

### （一）卡斯巴古城

阿尔及尔的古城区卡斯巴建于公元前6世纪，距今已有2600多年的历史。卡斯巴古城坐落在富饶的米蒂贾平原附近，面对着碧波万顷的地中海。卡斯巴古城建在布扎里山的山顶，建筑物多为二至三层的楼房，用稍加雕琢的石头依着山坡砌成，密密麻麻地排列在一起。古色古香的城堡遗址、圆形塔顶的清真寺高耸其中，非常引人注目。

卡斯巴古城的街道狭长，多为台阶式，错综复杂的街道和蜿蜒曲折的小路组成了严密的道路网络，覆盖着整个城市。因为山坡地势倾斜，这个道路网络中还点缀着一段段楼梯，使古城显得更加多姿多彩。

在卡斯巴古城中，土耳其的军事建筑、摩尔人的传统建筑以及地中海阿拉伯建筑的风格已经完全融为一体。那些依山而建、带房顶和阳台的白色建筑组成了一幅幅拥挤、庞杂的图景。

许多纪念性建筑物都使用了木雕和陶瓷装饰，并带有花园和喷泉，色彩靓丽，显得十分突出。

卡斯巴古城中的十几座清真寺说明了当地人对伊斯兰教的尊崇，其中的渔店清真寺是穆斯林建筑的杰作。它是以土耳其的苏里曼大清真寺为样板建造的，有着朴实浑厚的外观、华丽典雅的内部装饰。一排晶莹剔透的水晶吊灯高悬在大厅和经坛的天花板上，个个精巧玲珑，宛若天空中的星辰。清真寺的立柱和墙壁上镶嵌着五光十色的瓷砖，阿拉伯能工巧匠用瓷砖拼砌出的阿拉伯象形图案立体感极强。穹顶的花卉雕刻得极为精细，栩栩如生，具有强烈的艺术感染力。

每天的清晨和傍晚，巍巍耸立的宣礼塔里传出的祈祷声在空中久久回荡，古城因此平添了几分神秘的色彩。由于古城里的人绝大多数信奉伊斯兰教，他们每天最主要的宗教活动就是进行礼拜和祈祷。

礼拜是穆斯林的五功之一，每个穆斯林在一天中的晨、晌、晡、昏和宵等五个时间里进行晨礼、晌礼、晡礼、昏礼和宵礼。他们需要面向麦加的方向诵经、祈祷和跪拜。每逢星期天下午，穆斯林还要进行主麻拜，穆斯林称之为聚礼。

卡斯巴古城保留了城堡、古代寺院和奥斯曼宫殿,同时也保留了传统的城市建筑以及根深蒂固的民族观念,是一处能让人回顾历史的地方。

## (二)花园式新城

阿尔及尔的新城区与卡斯巴古城的风格截然不同,新城区沿海边排布,并顺山坡向上发展。街道与海岸平行,宽敞整洁。高楼大厦鳞次栉比,马路上车水马龙,一派现代化城市的繁荣景象。

迪杜什·姆拉迪大街和拉比·本米迪大街是阿尔及尔最著名的商业区和城市中心。新城区内现代化的标志性建筑物——奥拉茜宾馆、松树俱乐部,闻名遐迩。绿树环抱的人民宫、国家博物馆、国家美术馆以及政府机关都云集于此。

阿尔及尔烈士纪念广场的纪念塔是新城区最吸引人眼球的地标性建筑,纪念塔由三根高92米的枣椰树叶状的水泥柱子所组成,不仅造型独特,而且雄伟壮观。

纪念广场附近有一个现代化大型超市和一个环境优美的公园,两者构成了阿尔及尔市最著名的旅游购物中心,这是大多数外国游客必到的地方。

地处地中海南岸的阿尔及尔市,气候温和,终年绿草如茵,林木青翠,鲜花盛开。从布扎里山顶俯视全城,近处郁郁葱葱,远处水天相接,景色十分迷人,阿尔及尔因此有"花园城市"之美称。

# 5. 桥梁之城

## ——君士坦丁

北非古城君士坦丁坐落在阿尔及利亚东部群山之中的一座平顶孤丘之上，四周是笔直的悬崖峭壁和幽深的峡谷。君士坦丁通过桥梁与外界相连，因此被称为"桥梁之城"。

君士坦丁在历史上曾几易其名，公元前3世纪，该城成为努米底亚重镇和马西利国王的住地。迦太基人称其为"卡尔塔"，罗马人改称为"锡尔塔"。

公元311年，该城被毁。罗马皇帝君士坦丁大帝在位时修复该城，该城遂称君士坦丁，并一直沿用至今。

公元5世纪，君士坦丁曾被汪达尔人洗劫。此后，该城一直是历代穆斯林王朝争夺的目标。

公元16世纪，君士坦丁被土耳其人占领，并定为省会。

公元1837年，君士坦丁被法国人占领，成为重要的军事基地。

君士坦丁雄踞于悬崖峭壁之上，被幽深的峡谷所环抱，这样险峻的地势，决定了君士坦丁不能没有桥，桥注定是君士坦丁的命脉。因此，有人说君士坦丁的历史就是一部造桥史。

当地人民依靠自己勤劳的双手，充分发挥他们的聪明才智，经过千百年艰苦卓绝的努力，终于在君士坦丁这个孤丘之上造出了上百座各式各样的桥梁。

因地形地势和功能不同，君士坦丁有石拱桥、悬索桥、吊桥和高架桥等不同类型的桥梁。

有的桥横跨幽深峡谷，有的桥直逼悬崖峭壁，有的桥高悬云端，有的桥蜿蜒闹市，有的桥深藏山沟。城市中心的桥，有的桥能双向通行汽车，有的桥只能单向行车，还有的桥仅供行人通行。

君士坦丁最高的桥离地面300多米，最长的桥有27个桥洞。

在这100多座千姿百态的桥梁中，最著名的是卢迈勒大桥和西迪拉希德大桥，君士坦丁过去主要就是通过这两座大桥与其他地区相连的。这两座大桥是君士坦丁名副其实的"咽喉要道"。

卢迈勒大峡谷幽深而陡峭，就如同在高大的山体上劈开一道巨大的裂缝。峡谷两侧的悬崖巍峨耸峙，谷底是一条小河，河虽小，名气却很大，这就是著名的卢迈勒河。令人叹为观止的是，两侧悬崖峭壁上，通过开凿岩石，修筑了盘山公路。盘山公路好似一根漂亮的飘带缠绕在峭壁之上。

久负盛名的卢迈勒大桥就飞架在如此险峻的大峡谷上。卢迈勒大桥为斜拉悬索桥，桥高175米，桥长160米，桥宽5.8米，建成于1912年，至今已有100多年的历史。

据史料记载，卢迈勒大桥曾经是世界上最高的大桥。非洲竟然曾拥有世界最高的桥梁，这是许多人始料未及的。

这座100多岁的卢迈勒大桥，至今仍然是君士坦丁的交通要道，整天游人如织，车流如梭。

西迪拉希德大桥横跨在拉梅尔峡谷之上，它是君士坦丁与其他地区相连的两座最主要的桥梁之一。如果说，卢迈勒大桥给人以恢宏大气的感觉，西迪拉希德大桥则给人以精致秀美之感。

西迪拉希德大桥，高102.5米，全长450米，有27个美丽的桥洞，颇似中国常见的石拱桥。西迪拉希德大桥由法国人在1908年至1912年建造，距今也有100多年了。

走在酷似家乡石拱桥的西迪拉希德大桥上，俯视桥下的幽幽峡谷，我的胸中不觉泛起了淡淡的乡愁。

# 6. 盛开的白莲

## ——突尼斯风情录

突尼斯市是突尼斯共和国的首都，国家与首都同名。全世界国家与首都同名的国家共有12个，突尼斯便是其中最著名的一个。

突尼斯城坐落在地中海突尼斯湾西岸，突尼斯湖的顶端，城内的建筑物绝大多数为白色。从空中俯瞰突尼斯城，白色的房子掩映在高大的枣椰树和棕榈树的绿荫之中，就好像盛开在碧波荡漾的地中海海面上的白莲，突尼斯城因此便获得了"地中海白莲"之美称。

提起突尼斯城，人们马上就会想起迦太基遗址。这里是迦太基古国所建的一个城市，"突尼斯"这个名称是由迦太基女神"坦尼斯"演变而来的。

突尼斯的历史，以迦太基古国的毁灭为转折点，前后分为非常鲜明的两个历史阶段。在前一历史阶段，突尼斯被称为迦太基。迦太基与古罗马有着千丝万缕的联系，著名的三次"布匿战争"就是发生在迦太基人与罗马人之间的战争。

虽然迦太基人与罗马人之间的恩怨以迦太基覆国和迦太基被夷为平地而结束，但是我们仍然能够从突尼斯目前遗存的大量文化遗产中，看到古罗马在文化、生活方式方面对突尼斯的巨大影响。

而突尼斯现代的历史，则可以追溯到公元7世纪。彼时，包括埃及在内的大部分地区都被阿拉伯人占领了。阿拉伯人在迦太基古国的废墟上重建了突尼斯。因此，突尼斯与同一时期阿拉伯化的开罗和亚历山大相比，没有太多的历史遗留，这是一个全新的反映伊斯兰文化特征的新城，绝大多数建筑物都是带有阿拉伯特征的白色。

现在的突尼斯城是一座将阿拉伯古老建筑艺术与现代建筑风格融合为一体的城市。城市的一边是具有民族传统特色的老城，另一边是现代化的新城，新城与老城之间隔着一座有象征意义的城门。

突尼斯老城，当地人称为"麦地那"。"麦地那"在阿拉伯语中是"城市"的意思，又有"城中城"的意思。突尼斯老城的历史可以追溯到公元前9世纪，在迦太基古国兴盛时期，突尼斯只是一个小渔村。直至公元698年，倭马亚王朝的总督下令，在今突尼斯城的地址上建麦地那城，兴建船坞和港口，并大量向这里移民，突尼斯城成了全国第二大城市。

公元1230年，哈夫斯王朝将突尼斯城作为首都，从此突尼斯城成了伊斯兰文化中心和重要的商业中心，这也是突尼斯城发展的巅峰时期。

公元16世纪至19世纪，土耳其人统治突尼斯城期间，突尼斯城兴建了许多宫殿、清真寺、学校和豪宅。在北非伊斯兰城市中，突尼斯城是规划最合理的几个城市之一。突尼斯城内各种不同风格的建筑和谐地构成一个整体，令人瞩目。突尼斯老城没有高楼大厦，房屋大多是两层楼，街道弯弯曲曲，十分狭窄，而最窄的小巷只能容一个人通行。

老城里从早到晚，人来人往，到处响彻着手工作坊打制铜器的锵锵声和小贩的叫卖声，充满了浓郁的阿拉伯风土气息。

当你走进麦地那的阿拉伯市场时，你会觉得仿佛置身于《天方夜谭》所描绘的情境中。

穿过商业区，就来到了著名的宰图纳大清真寺。这座清真寺建于公元732年，其名字的含义是充满诗意的"橄榄树清真寺"。长期以来，这里是当地人民宗教活动的中心。宰图纳大清真寺每天上午向游客开放，其余时间只允许穆斯林信徒入内。

突尼斯历史最悠久的大学也在这里。

突尼斯老城的城墙已经倒塌，只留下几座城门。

突尼斯新城区笔直的街道与老城区迷宫式的街道形成了鲜明的对照。这里既有欧洲城市里那样高大的建筑，又有各式各样小巧玲珑的别墅散落其间。

宽阔的道路两旁绿树成荫，街心绿岛绿草如茵。大道两侧的宾馆、餐厅、超市、银行、影院、酒吧、咖啡馆鳞次栉比。繁华的"布尔吉巴"大街被誉为突尼斯的"香榭丽舍大街"。这里是市中心最主要的大道，大道东头是共和国广场，广场中心是鲜花盛开的花坛，五彩缤纷的鲜花簇拥着一座雄伟的雕塑。大道西头是独立广场，广场中央耸立着突尼斯古代历史学家伊本·赫勒敦的铜像。突尼斯新城的中心也是商业区，但是，新城的商业区与老城的商业街截然不同，这里街道宽阔，路面整洁，有很多现代化的大型商场和豪华饭店。

市中心东面不远处便是火车站和海港。市中心北面是一个公园，公园坐落在一座树木葱茏的山丘之上，即使在冬季，公园里也芳草如茵，鲜花盛开，显得异常美丽。

突尼斯城很多有名的景点在郊区,其东北郊是著名的风景区,那里有迦太基、古莱特等极具阿拉伯风情的小镇。

站在城里的山丘上俯视海湾,白墙蓝窗的阿拉伯小楼错落有致地分布在山坡上,掩映在绿树丛中;山下水天一色,白帆点点。最令人陶醉的是,在海滨浴场的林荫大道上,不时会有一辆辆马车驶过,马车上常常坐着身披阿拉伯斗篷的农夫和肩披白纱的阿拉伯女郎,那情景真像一幅幅充满诗意的阿拉伯风情画。

闻名遐迩的迦太基城遗址和意大利的庞贝遗址一样,对世界各地的游客都具有极大的吸引力。这座比罗马城还早61年的古城,在世界上声名显赫,每年都有很多游客专门来此观光游览。

# 7. 地中海边的白色新娘

## ——的黎波里一瞥

利比亚拥有数量众多的古希腊和古罗马城市，而且每一座城市都承载着拜占庭时代的辉煌遗产；在这里，历史因为风格迥异的纪念性建筑物而复活。

利比亚的首都是的黎波里，这里的每个角落都回响着不同历史时期的声音，而不同的历史时期也给的黎波里烙上了马赛克式的历史烙印。

## （一）马赛克式的历史烙印

的黎波里位于撒哈拉沙漠西北部、地中海南岸的绿洲地带，是利比亚最大的港口城市。

的黎波里不仅散发着地中海地区特有的魅力，而且具有阿拉伯伊斯兰风韵。

的黎波里现在是利比亚的政治、经济、文化和交通中心，是一个具有浓厚阿拉伯传统风格的大都市。但是，的黎波里最早是由腓尼基人在公元前500年建造的，当时叫作"奥萨"。

公元前146年，腓尼基人建立的迦太基国灭亡后，奥萨曾被努比亚王国统治，后来又成为罗马帝国的保护地。在罗马帝国统治时期，奥萨与另外两个城市合称"的黎波里"，"的黎波里"在意大利语中是"三座城市"的意思。

公元2世纪以后，的黎波里逐渐衰微。公元5世纪，的黎波里遭到汪达尔人的严重破坏。

从公元7世纪起，阿拉伯人到达北非后开始在奥萨旧址上重建新城。

公元11世纪初，的黎波里已经发展成为黑非洲同南欧、埃及和西亚之间进行贸易的中心。

公元1460年，的黎波里宣布成为独立的国家。

1510年至1551年，的黎波里先后被西班牙和奥斯曼帝国占领。

20世纪初，意大利人入侵和征服利比亚后，开始在的黎波里市中心建造带有廊柱的街道、公共建筑、花园以及各种风格的别墅，的黎波里的面貌发生了很大变化。由于城里的建筑物大多是新建的，并且都是白色的，人们戏称的黎波里为"地中海边的白色新娘"。

第二次世界大战后，意大利人纷纷离开的黎波里，当地的利比亚人家庭迁入意大利人留下的住宅。

从公元前500年腓尼基人在此建城到现在，罗马人、汪达尔人、拜占庭人、阿拉伯人、西班牙人、土耳其人、意大利人和英国人先后占领过的黎波里。历史上，凡是入侵、占领和统治过黎波里的这些民族，或多或少都在这块土地上留下了自己民族的文化和建筑。

在地中海之滨的棕榈树后面，既有罗马帝国时代的拱门，也有奥斯曼时代的清真寺和意大利风格的别墅。白色大理石建造的马卡斯·奥欧里斯凯旋门、查梅勒清真寺、卡拉曼利清真寺、盖尔吉清真寺、萨布拉塔废墟以及圣弗朗西斯科大教堂，庄严肃穆，展现着古代文明的灿烂光辉，它们如同历史的马赛克，与现代化建筑相互融合，使的黎波里成了一座跳动着古老心脏的现代城市。

## （二）崇尚绿色

利比亚幅员辽阔，北部是地中海海岸，南部深入撒哈拉沙漠，境内除了地中海沿岸的绿色地带外，90%以上的国土为沙漠和半沙漠的高原。

因为国土绝大部分为沙漠和半沙漠，利比亚境内的绿色植物稀少，显得异常珍贵。所以，利比亚人比世界上其他地区的人都更加珍惜和爱护花草树木。在利比亚，损害花草树木的行为不仅会当场受到众人的谴责，而且还会被施以严厉的处罚，连外国人也不例外。

在利比亚人的心目中，绿色是生命的主导色，对绿色的任何损害都是不允许的。

人们喜爱绿色，崇尚绿色。绿色被当作生命的象征广泛地加以利用。例如：利比亚的国旗是长方形的绿色旗，卡扎菲的重要理论著作被称作"绿皮书"，政府颁布的法律、法规的封皮全都是绿色的，首都中心区的广场叫作"绿色广场"，许多建筑物的顶部也都是绿色的……绿色在利比亚人心目中，是吉祥和胜利的象征。

### （三）神秘而复杂的婚礼

利比亚的传统婚礼既神秘又复杂，目前主要在农村流行。的黎波里的婚礼虽然比农村地区的婚礼简单，但由于绝大多数的传统习俗和礼仪仍然要遵守，所以仍显得神秘而复杂。

遵照伊斯兰教的习俗，青年男女不能直接接触和交往，所以过去利比亚的青年没有自由择偶的机会，婚姻大事完全听从父母亲的安排。

现在，利比亚的青年男女虽然可以自由交往，但谈婚论嫁的第一步仍然需要由男方出面提亲——男青年的母亲与介绍人一起去女方家拜访，这一方面是表达结亲的诚意，同时也是对女青年的秉性和容貌做实地调查。

如果双方都满意，便由两家男性成员在当地伊玛目和亲属的参与下，商谈彩礼的数额和婚礼的条件。如果双方对彩礼数额和婚礼条件达成共识，便可正式定亲。

正式定亲以后，每逢节日，男方要赠送女方礼品和首饰，直至举行婚礼。

婚礼前两周，新娘就要开始打扮，凡是外露的皮肤和头发要请化妆师进行精心护理。在这段时间，新娘全身都要包裹在布料和化妆品之中。为了取得最佳效果，新娘的皮肤不能沾一滴水。在新娘的下颌，要如同刺青一样纹上花纹，这种仪式叫"涂青"。举行"涂青"仪式后，新娘就有了永不消退的已婚妇女的标记。

婚礼之前第7天的夜晚是"信号之夜"，意即从这一天起，婚礼开始。这一天的晚上，新郎和新娘两家要各自举行热闹的晚会，庆祝婚礼正式拉开序幕。

婚礼前两天，新娘要再次化妆，并用红冠花和颜料涂抹手掌和脚掌，这也是永远洗不掉的已婚标记。

紧接着是"灯夜"，这一天夜里，新郎要带领一支有乐队的迎亲队伍吹吹打打地来到新娘家。迎亲人员用橄榄树枝和沾了油的绳子做成"灯"，点着"灯"先围着新娘家跑7圈，才能走进大门。

此时，新娘端坐高台之上，徐徐解下面纱。新郎在火把映照下，第一次见到新娘的芳容。所以，"灯夜"又叫作"露容之夜"。

完婚当日，双方家长要缔结婚约。新郎要再次带领迎亲队伍前往新娘家，迎娶新人。

新娘到达新郎家的时候，迎亲的妇女们会用一块布把新娘遮起来。根据传统，新娘每走过一道房门，都要打破一个鸡蛋。最后，在进入洞房前，还要再打破一个鸡蛋，寓意新娘"早生贵子"。

随着最后一个鸡蛋的打破，利比亚人神秘而复杂的婚礼圆满结束。

# 8. 亚的斯亚贝巴心影

埃塞俄比亚有3000多年历史，是非洲的文明古国之一，但其首都亚的斯亚贝巴却非常年轻。

埃塞俄比亚原先的首都建在恩托托山顶上，直到1886年，孟尼利克二世的皇后泰图在今天亚的斯亚贝巴所处区域发现了温泉，并提出在此修建皇室专用浴室。在孟尼利克二世的支持下，这里又陆续修建了其他设施和建筑，并划出部分土地让贵族在这里建房，于是有了今天亚的斯亚贝巴的城市雏形。1887年，孟尼利克二世正式迁都于此。

在埃塞俄比亚官方语言阿姆哈拉语中，"亚的斯"是"新鲜"的意思，而"亚贝巴"则是"花朵"的意思，两者合在一起，就是"新鲜的花朵"。因此，人们又把亚的斯亚贝巴称作"鲜花之城"。

因为我每次去非洲，都要在亚的斯亚贝巴转机，所以究竟去过多少次亚的斯亚贝巴，连我自己都记不清了。我现在也像当地人那样，称"亚的斯亚贝巴"为"亚的斯"，觉得这样称呼既简单又亲切。

## （一）政治首都和外交首都

亚的斯亚贝巴不仅是埃塞俄比亚的政治、经济和文化中心，同时也是非洲的政治中心。非洲统一组织（今非洲联盟）和联合国非洲经济委员会的总部均设在亚的斯亚贝巴，另外，还有许多国际组织在这里设有办事处，亚的斯亚贝巴因此被人们誉为非洲的"政治首都"和"外交首都"。

非洲大厦是埃塞俄比亚皇帝海尔·塞拉西一世专门赠送给联合国非洲经济委员会的。该大厦建于1960年，是一座宏伟的圆形建筑，位于亚的斯亚贝巴市中心，与人民宫相对。1963年5月，由31个非洲独立国家组成的非洲统一组织就是在这里成立的。

1977年，经过扩建的非洲大厦又成了非洲国家和组织商讨政治和经济问题的地方，这里已举行过多次非洲国家首脑会议和重要的国际性会议。

## （二）上城和下城

许多大城市有"老城"与"新城"或"穷人区"与"富人区"之分。亚的斯亚贝巴也不例外，其贫富差距极大，两极分化极为明显。

亚的斯亚贝巴依地形高低逐渐建成"上城"和"下城"。"上城"建在山丘上，低矮、简陋的铁皮房杂乱无章地散落在山丘上，街道拥挤不堪，卫生条件很差。居民以低收入者为主，是典型的"穷人区"。

与"上城"形成鲜明对照的是"下城"。下城街道宽阔整齐，高楼大厦林立。热闹的步行街上，行人如织；大马路上，车水马龙。繁华的市中心，大量的现代化商店、超市、酒吧、咖啡馆以及高档的餐厅和酒店云集于此，幽静的林荫大道两旁则井然有序地分布着昔日的皇宫、现在的议会大厦、政府的办公大楼，非洲大厦和人民宫以及各国的使领馆都坐落在这里，成片的豪华住宅和漂亮的别墅群让人耳目一新，这里是富人区。

### （三）咖啡和美女

埃塞俄比亚的咖法地区是咖啡的原产地，是咖啡的真正故乡。所以，外国游客来到埃塞俄比亚后，一定要到当地最正宗的咖啡馆去品尝原汁原味的本地咖啡，否则，就不能算去过埃塞俄比亚。

不过，我觉得埃塞俄比亚首都亚的斯亚贝巴街头，有一道与咖啡有关的独特风景线，同样值得好好欣赏一番。

不论是在下城的步行街道上，还是在上城的大小市场中，人们总是能看到清纯可爱的少女提篮沿街叫卖咖啡。这些女孩子一般只有十来岁，大多身穿埃塞俄比亚民族服装，身材显得特别苗条。她们的脸庞美丽娇嫩，大大的眼睛炯炯有神，遇见人总是露出甜甜的微笑。

这些漂亮的女孩子习惯于两个人一组，手提编织的篮子，穿梭在熙熙攘攘的人群中叫卖咖啡。她们的篮子里盛放着装咖啡的热水瓶和咖啡杯，遇到要买咖啡的客人，她们就停下来，从热水瓶中倒出一杯热气腾腾、香气四溢的咖啡，笑容可掬地送到客人面前。

在欧美游客经常光顾的旅游景点，更是常常可以见到这些卖咖啡女孩子的身影。只不过这些地方的女孩子打扮得太过时髦、浓妆艳抹、袒胸露背的她们反而少了几分清纯。

埃塞俄比亚人在家中喝咖啡通常是比较讲究的，这种由女孩子在街头叫卖的咖啡，当地人称之为"穷人咖啡"，富人是不屑一顾的。不过，一些品尝过"穷人咖啡"的我国同胞，却一致称赞亚的斯亚贝巴的街头咖啡物美价廉。

## （四）"吃茶"和"吃草"

在埃塞俄比亚，有一种与咖啡齐名的绿叶植物，当地人称之为"埃塞俄比亚茶"或"巧茶""恰特草"；而在也门等阿拉伯国家，人们则叫它"阿拉伯茶"或"也门茶"。在亚的斯亚贝巴街头，人们常把嚼食这种植物的绿叶称作"吃茶"或"吃草"。

关于恰特草的发现，在埃塞俄比亚有一个民间传说。据说，在古代埃塞俄比亚东南部的哈拉尔山区有一个农夫，有一天，他干了一天农活，到了黄昏时分，因为又饿又累，就躺在一个小山坡的灌木丛中休息。

因为饿得难受，这个农夫随手摘了几片树叶放进嘴里嚼起来。起初，他觉得有点儿苦，但嚼着嚼着，他感到嘴里有甜味了，于是就边摘边嚼。

到夜幕降临时，这个农夫忽然觉得精神振奋，两眼发光。回到家里，连饭也不用吃了。

消息传开后，村民们纷纷上山去寻找这种灌木，采摘其树叶嚼食。这种灌木就是"恰特草"，实际上叫"恰特树"更确切。

亚的斯亚贝巴的大街小巷都有商店专门卖恰特草，商店里出售的恰特草，实际上是这种灌木的嫩枝条。这些嫩枝条被捆成一把一把的，然后再用芭蕉叶裹得严严实实。

比较大的恰特草商店都辟有"草房"，客人可以一边休息，一边嚼食恰特草。这类"草房"与当地的咖啡屋一样，地上铺着一层散发着淡淡清香的艾草。有的店主还会为顾客提供油炸花生米和矿泉水。据说，花生米与恰特草一起嚼食，不但可以淡化恰特草的苦涩，而且味道更香。

在亚的斯亚贝巴街头，恰特草商店附近的马路边上，总是聚集着一伙男人。埃塞俄比亚朋友告诉我，马路边上的这伙男人都嚼食恰特草上了瘾，但又没有钱，买不起恰特草，所以只好整天待在恰特草商店附近，等待有钱人进店消费后，把吃剩的残枝剩叶赏给他们。

恰特草虽然被世界卫生组织和许多国家列为软性毒品，但埃塞俄比亚政府对于种植、销售和嚼食恰特草，采取的是既不鼓励也不限制的默许政策。

埃塞俄比亚政府之所以采取这种政策，主要是因为恰特草是埃塞俄比亚仅次于咖啡的第二大出口农产品，每年可创汇3000多万美元。同时，埃塞俄比亚国内不少人并不认为恰特草是毒品，他们认为，嚼食恰特草不仅可以提神，而且可以防止霍乱、梅毒和治疗腹痛，很多埃塞俄比亚人已经养成了嚼食恰特草的习惯。

# 9. 内罗毕印象

20世纪80年代以前，中国人去非洲一般都取道欧洲，再转机到非洲。但是，自从肯尼亚航空公司和埃塞俄比亚航空公司开通与中国之间的直通航线以后，大部分中国人赴非洲，都改乘这两家航空公司的班机了。

肯尼亚航空公司开通广州至内罗毕的航线以后，我曾多次乘坐其班机赴内罗毕，然后再转机至非洲各地。其中有两次，因为在内罗毕机场候机时间太长，肯航机场办事处还特意安排我去内罗毕市内宾馆休息。我也因此有机会畅游内罗毕。

## （一）内罗毕街景

由于内罗毕位于海拔1600多米的肯尼亚高原上，天气并不炎热。当我乘坐的汽车从机场向市内开去时，我看到车窗外的风景十分优美，四周的原野一望无垠，大片的树林郁郁葱葱。蓝天白云之间，群山若隐若现，一座座非洲传统农舍和一幢幢风格各异的别墅掩映在绿树丛中。

进入城区，宽阔的林荫大道树木葱茏，街心花园鲜花盛开。这里的建筑非常现代化，给人以充满活力的感觉。特别是内罗毕市中心，更是高楼林立，看起来相当有气势。星级饭店、高档商场和漂亮的写字楼，鳞次栉比，尽显一个现代化大都市的繁荣。

　　肯雅塔国际会议中心是内罗毕的地标性建筑，这个雄伟的建筑群包括大会堂、宴会厅和行政大楼，总建筑面积达到4万多平方米。其中，大会堂的设计最为新颖别致，具有鲜明的非洲民族传统特色，远看像一株硕大的蘑菇，所以人们又戏称它为"蘑菇厅"。行政大楼高110米，共31层，最高层为旋转餐厅，人们在这里可以一边享用肯尼亚美食，一边欣赏内罗毕的秀丽风光。

## （二）长颈鹿公园

　　肯尼亚在世界上历来享有"野生动物乐园"的美誉，凡是来到肯尼亚的外国人，哪个不想到著名的马塞马拉野生动物保护区去看看？可是，我在内罗毕停留的时间只有一天，根本不可能赶到200多公里外的野生动物保护区。

　　当地导游对我说，马塞马拉野生动物保护区去不了，但内罗毕市郊有一个长颈鹿公园也很有趣。他说野生动物园的野生动物凶猛，充满杀气，而长颈鹿公园的长颈鹿憨态可掬，对人类非常友好，不妨去这个世界上最祥和、温馨的野生动物园看一看。

　　就这样，我跟着当地导游来到长颈鹿公园。长颈鹿公园建在一片茂密的树林旁，一进大门，就能看见一座用树干和木板搭建的二层阁楼。阁楼有七八米高。我沿着木板楼梯爬上二楼时，看到树林中有一片空地，空地上有好几头长颈鹿在悠闲地走来走去。

　　过了一会儿，长颈鹿公园的饲养员端来一盆专门供游客喂长颈鹿的饲料。饲料呈球状，干干的，好像是用植物纤维和玉米面之类的东西做的。

紧接着，饲养员又拿来一个铁桶，并用木棒敲打铁桶。铁桶发出的"咚咚"声，很快就将空地上的几头长颈鹿吸引了过来。

看起来，这些长颈鹿对于游客喂食这一套早已习以为常，它们一跑到阁楼跟前，便伸长脖子，把头伸过阁楼二层的围栏来要吃的。

饲养员让我捧起一个饲料球，并告诉我，长颈鹿很温顺，喂食的时候不要害怕。果然，当我把饲料球举到它们面前时，几头长颈鹿并没有出现我们常见的动物抢食的情况，而是很安静地围着饲料球慢慢咀嚼起来。等到吃完我手中的饲料，它们还用舌头舔了舔我的手。我也用手拍了拍它们的脸说："没有了。"它们似乎听懂了我的话，慢慢转身离开了。

真想不到，长颈鹿竟然如此温顺可爱。

## （三）博马斯民俗文化村

从长颈鹿公园出来，导游看我游兴正浓，便建议我游览一下内罗毕的博马斯民俗文化村。他说，博马斯民俗文化村是肯尼亚最著名的文化中心，是了解肯尼亚风土人情和生活习俗的最佳窗口。民俗文化村里有代表肯尼亚十几个主要民族文化的一系列民族建筑，这些民族建筑多为茅草屋顶、泥土墙，有的墙是用牛粪砌成的。导游特别介绍说，在民俗文化村里，每天都能欣赏到几十个不同部族的传统歌舞表演。

导游的一番话说得我心里痒痒的，当即决定和他驱车前往。

博马斯民俗文化村位于朗加塔区，离内罗毕国家公园不远，是一个与北京的中华民族园颇为相似的文化园。

一进大门就是民族歌舞表演馆，表演馆的中央是一个很大的圆形舞台，四周是阶梯式的观众席。场馆里的设备和设施功能齐全，还有一个开放式的小酒吧。

歌舞表演在下午3点半准时开始，在非洲国家能如此守时，实属少见。

在激越的达姆达姆鼓的鼓点声中，一群身着鲜艳民族服装的肯尼亚少女，扭着胯，跺着脚，边唱边舞首先出场。她们全身的肌肉似乎都在抖动，但最具表现力的是她们的乳房和臀部的抖动动作，她们的双乳和肥臀时而上下抖动，时而左右摆动，令人眼花缭乱，常常引得场内一阵阵尖叫。

以往我一直认为，非洲歌舞不是粗犷豪迈的，就是狂野奔放的，反正都是快节奏。没有想到，其中一个歌舞表演节目完全颠覆了我对非洲歌舞的类型化印象。

这是一个集体舞，一对对青年男女围成一个大圆圈，在婉转悠扬的音乐旋律下，他们的舞姿舒缓而柔美，他们的歌声酥软而温馨，这个节目使人感到赏心悦目。

博马斯民俗文化村的这场歌舞表演，演员严肃认真，节目精彩纷呈，给我留下了深刻的印象。

《走出非洲》的作者卡伦·布里克森曾经这样描述她的恩戈庄园："地理位置和地面高度相结合，造就出一种举世无双的景色。"用这句话来描述内罗毕亦十分贴切。

# 10. 黑角零忆

刚果（布）的沿海平原上有很多低丘，有的低丘延伸至海里，被海浪冲刷，形成岩石毕露的岬角，黑角就是其中最著名的一个。

相传19世纪中叶，一位葡萄牙探险家乘船到达这里时，一眼瞥见岸边一块突兀的黑色礁石，遂称此地为"黑角"。

20世纪30年代以前，黑角还是一个普通的小渔村，只有3000多人。现在的黑角已经拥有80多万人，不仅成了刚果（布）的第二大城市，还享有刚果"经济首都"之美称。

## （一）"金滩"和"银滩"

黑角的海滩有"金滩"和"银滩"之分。所谓"金滩"和"银滩"，是当地人的俗称，沙为金黄色的海滩叫"金滩"，沙为银白色的海滩叫"银滩"。

"金滩"离市中心较远，白天游人如织；"银滩"离市中心较近，晚上仍然人来人往。

每逢节假日，上午10点钟不到，就有大批游客涌向"金滩"。不大会儿工夫，"金滩"上就布满了花花绿绿的遮阳伞。遮阳伞下既有大腹便便的欧美游客，也有卿卿我我的当地情侣。

"金滩"上有一种指甲盖大小的螃蟹，通身透明，也有钳，爬行如飞，被赶得急了，它便向洞中一钻，逃走了。

这种通身透明的小蟹可是当地小孩子的最爱，他们一来到海滩，就开始寻找这种小蟹。有时候，几个小孩子围追一只蟹，大呼小叫，很是热闹。

广阔无垠的海面上，巨浪翻滚奔腾。银色的浪花时而跳跃，时而飞溅，势如千军万马。

冲浪是黑角的年轻人最喜欢的海上运动，在海滩上，经常可以看到夹着彩色冲浪板的年轻人匆匆走过。在银色的浪花中，这些冲浪者勇敢地站在冲浪板上，犹如蛟龙入海。

"银滩"因为离市中心比较近，每天傍晚，当太阳沉入大西洋，一对对热恋中的青年男女就迫不及待地赶往"银滩"。所以，当地人又将"银滩"称为"爱情滩"。

夜色中，远处的海面好似笼罩着一层薄雾，近处的浪花不时涌上沙滩，扑腾到游人脚下。

"银滩"在皎洁的月光下，泛着朦胧的白光，依稀可见一对对情侣的身影。他们有的在追逐嬉戏，有的在窃窃私语，还有的懒懒地躺在沙滩上，尽情地享受这静谧而美好的夜晚。


## （二）乌鸦的领地

乌鸦，尤其是那种戴"白领带"的乌鸦（即颈部有一圈白色羽毛的乌鸦），在中国人的心目中是一种很不吉利的鸟。中国农村中的老人如果早晨出门时看到了乌鸦，哪怕听到了乌鸦的叫声，都会担心一整天，生怕有什么坏事发生。

然而，刚果人却认为乌鸦是一种吉祥的鸟儿，尤其是黑角的人，他们非常喜欢这种鸟儿，常常像欧洲人喂野鸽子那样给乌鸦喂食。

每天天刚放亮，这些穿着黑礼服打着"白领带"的乌鸦们便开始活动了。在树梢上，在屋顶上，在草地上，到处都能见到它们的身影。当太阳升起来的时候，它们几十只、几百只地集合起来，在寂静的天空中盘旋飞翔一阵子后，又向远方飞去。

到了晚上，乌鸦们又回来了。

它们成群结队，先在天空中盘旋一阵子，然后从人们头顶上飞过，飞向它们的领地。它们的领地是黑角郊外的一大片桉树林。

乌鸦平时并没有巢，只有在繁殖期间，为了育雏才会筑巢。平时，它们就栖息在树梢上。

夜间，如果有人无意间从它们的领地路过，或者它们听到了什么声音，只要有一只乌鸦受到惊吓飞起来，整个林子里的乌鸦都会飞起来。于是，林子里的安静被搅翻了，它们要折腾好一阵子，才会归于平静。

然而，乌鸦们在白天并不怕人。它们和人很亲近，常常在满是行人的大街上，跳着、走着。有时，它们还会停在一些食品摊子前张望，摊贩子看它们站得久了，便喃喃着丢给它们一些食物。


## （三）赌场风云

夜幕降临，黑角被笼罩在浓浓的夜色中。来到黑角的第二天晚上，在黑角经商的黄先生邀请我们去逛一逛黑角市著名的戴高乐大街，说是让我们好好感受一下黑角的夜生活。

戴高乐大街是黑角市最繁华的大街。我们到达那里已是晚上10点多钟，但大街上依然灯火通明，霓虹灯闪烁，车辆川流不息，人群熙熙攘攘。

跟随黄先生，我们来到了戴高乐大街的中心地段，这里商店、超市、电影院、歌舞厅、酒吧一家挨着一家。最为引人注目的是，在这长度不足500米的街道两侧，竟然有10多家赌场。

黄先生将我们领进了一家黎巴嫩人开设的赌场，赌场的大厅宽敞、奢华，老虎机和轮盘赌等各种赌具一应俱全。

黄先生对我们说，他想玩一玩，说着便掏出早已准备好的10万非洲法郎买了筹码。我们随他来到一个轮盘赌台前，他稍加思索后下了注。只见轮盘上的弹子飞速旋转，一会儿工夫，弹子落下，输赢立见。服务人员收走了未中鹄的筹码，同时赔付了中鹄的筹码。

黄先生旗开得胜，于是很快又下了注。看得出，他是此道中的老手了。不一会儿工夫，他面前的筹码已经增加许多。

可是，玩了不到半小时，黄先生的手气似乎就不那么好了，他面前的筹码开始减少。黄先生当机立断，就此罢手，马上到售筹处兑回现金。他告诉我们，赢了200多美元。

我问两个一直在一旁观看的中国小伙子为什么不玩一玩。他们说，以前赌过，也赢过，但后来都输光了，现在不敢赌了，不敢拿血汗钱冒险。看来，两个小伙子是明白人。

随后，我们一行人来到另一个轮盘赌台前看热闹。

只见一个金发碧眼的女郎款款地来到台前。她身材高挑，穿着时髦，气度不凡。她在台前站定后，先不慌不忙地取出打火机，点燃了一支香烟，然后从随身的小坤包中取出筹码，在她自认为的热点上下了注。她行动果断，动作娴熟，令人刮目相看。

轮盘飞速旋转，一会儿工夫，弹子落下，输赢见了分晓。服务人员一下收回了所有筹码，看来女郎一注未中。可女郎毫不动容，吸了一口烟，继续下注。

这一次轮盘停下后，女郎只有一注中鹄，余下的筹码又被庄家全部扒走。

如此这般，女郎又下了几次注，但总是输多赢少。女郎也许觉得今天手气不好，便讪讪而去，对我们这些旁观者连看都没看一眼。

# 11.  阿比让的崛起

科特迪瓦（1981年以前译为象牙海岸）的近代史是被欧洲列强争夺的屈辱史，也是欧洲殖民主义者掠夺科特迪瓦资源的罪恶史。

公元15世纪中叶，葡萄牙殖民者来到科特迪瓦沿海一带。公元1475年，葡萄牙人将这里命名为"科特迪瓦"（法语的意思是"象牙海岸"），并建立了多个商业基地。从此，他们开始疯狂掠夺科特迪瓦的象牙、黄金和奴隶。

公元1581年，西班牙兼并葡萄牙后，西班牙人取代葡萄牙人，垄断了非洲的象牙、黄金和奴隶贸易，成为当时世界的霸主。

然而，到了公元17世纪初，荷兰人又扶摇直上，取代西班牙人，成了世界的新霸主。他们赶走了在科特迪瓦的西班牙人，并在几内亚湾建立了16个贩卖奴隶、象牙和黄金的据点，在相当程度上控制了非洲的奴隶、象牙和黄金贸易。

英国和法国作为欧洲的老牌强国，当然容不下荷兰这个新霸主。英国人经过三年的战争，击败荷兰人，取代了荷兰人在科特迪瓦东部沿海地区的殖民者地位。

长期以来，法国一直企图获得海上霸权，从19世纪30年代起，法国人加紧了对科特迪瓦的扩张。随着法国远征军向科特迪瓦内地的推进，法国政府于1893年通过法令，宣布科特迪瓦为法国的自治殖民地。

19世纪末，法国殖民军的一支队伍开进埃布里埃湖畔的一个小渔村时，因为不知道这个地方叫什么名字，就四处找人打听。

有一天，法国殖民军的士兵在森林里遇见一个樵夫，便用法语问这个樵夫："这个地方叫什么名字？"樵夫听不懂法语，以为法国士兵问他在做什么，便赶忙用埃布里埃语回答道："阿比让。"意思是："我在剪树叶。"而法国士兵误以为这个地方就叫"阿比让"。

由于法国殖民军在向上司的报告中，将这个地方称作"阿比让"，从此以后，这个地方就被称作"阿比让"了。

20世纪初，阿比让只是个人数寥寥的小渔村，附近全是茂密的原始森林。即使到第二次世界大战结束时，科特迪瓦依然是一个单一经济作物的国家，咖啡占其出口额的2/3以上。

阿比让这时虽然是科特迪瓦的首都，但只住着少量外国人和两万多本地人。本地人住在他们用泥土垒成的小房子里，懒洋洋地打发着日子，忍受着炎热的天气。他们懒到甚至都不愿意到近在咫尺的埃布里埃湖里捕点鱼做晚餐。法国殖民者们也感到灰心丧气，他们认为科特迪瓦肯定要加入国际乞丐的行列。

但是，法国殖民者的预言并没有实现，阿比让在20世纪50年代迎来了可喜的转机。1950年修建的弗里迪运河和阿比让深水码头，不仅使埃布里埃潟湖与几内亚湾直接相通，还使阿比让成为远洋货轮的直接装卸港，科特迪瓦因此成了非洲咖啡、香蕉和菠萝的最主要出口国。

1960年，科特迪瓦获得独立后，阿比让的发展更加迅速。在科特迪瓦"独立之父"——乌弗埃·博瓦尼的领导下，科特迪瓦创造了经济持续高速发展的奇迹。在20多年的时间里，科特迪瓦的GDP年增长率高达10%以上，阿比让成为西非地区的一座现代化城市。

进入阿比让市区，让人感到仿佛走进了一座欧美现代化城市。那造型各异的高楼，盘旋回转的立交桥，绿草如茵的街心公园，林木葱郁的林荫大道，橱窗绚丽的超级市场……令人目不暇接。

商场和超市里，商品琳琅满目；富丽堂皇的宾馆和高档餐厅也是非洲第一流的，象牙宾馆更是享誉全球。阿比让已经从一个默默无闻的小渔村发展成黑非洲最有名的现代都市。

阿比让因此常常被外国游客称为"非洲小巴黎"和"小曼哈顿"。

# 12. 猴面包树的故乡

## ——达喀尔纪行

塞内加尔悠然地横亘在一个北部为干旱沙漠南部为热带雨林的中间地带，这里既有令人目眩的美景，又有美妙的音乐，而首都达喀尔则是这个国家典型的缩影。

达喀尔栖息在一片美丽的、银白色的沙滩顶端，它将典雅与喧闹融于一体。繁忙的街道，熙熙攘攘的人群，丰富的夜生活，会轻而易举把你拖进这欢快的节奏之中。

### （一）猴面包树丛中的村庄

达喀尔名字的来源有好几种说法，流传最广和最可靠的说法是，"达喀尔"是当地土著对"波巴布树"的称呼。

波巴布树是当地随处可见的一种高大的乔木，其果实汁多味甜，为猴子所喜爱，所以，俗称"猴面包树"。早先的达喀尔是一个很小的村庄，村子里生长着很多猴面包树，因此，人们称这个村庄为"达喀尔"，意为"猴面包树丛中的村庄"。

当地人为什么如此喜欢栽种猴面包树？关于这个问题，当地有一个美好的传说。

相传很久以前，有一年旱季，当地遭受了很严重的旱灾，河里的水干涸了，地里的庄稼都枯死了，村民都在死亡线上挣扎。

正当村民绝望的时候，一个牧羊人无意间发现，用刀划开猴面包树的树干，树汁竟会像泉水般涌出。村民就是靠猴面包树提供的宝贵的汁水活了下来，安然度过了那年可怕的旱灾。

从此以后，这个村庄的人乃至所有塞内加尔人都视猴面包树为生命之树、救命之树，并广泛栽种。

现在的达喀尔，随处可见这种长相奇特的高大乔木，达喀尔已然成为猴面包树的故乡。塞内加尔人也将其当作"圣树"加以保护，并尊其为国树，将其花奉为国花。

### （二）血染的戈雷岛

戈雷岛坐落于烟波浩渺的大西洋之中，有塞内加尔最著名的历史遗迹，以黑人奴隶交易的血泪史闻名于世。

戈雷岛曾经是欧洲殖民者开拓的殖民据点之一，18世纪末以前，它是大西洋上最重要的奴隶交易中心之一。从公元1455年葡萄牙人侵占这个小岛，最先贩卖黑奴开始，在随后的4个世纪中，戈雷岛上的黑人奴隶病死或跳海自杀的达到606万人，从戈雷岛运走的黑人奴隶达到2000多万人。戈雷岛记录了西方殖民主义者对非洲人民犯下的滔天罪行，是他们摧残人权的铁证。

戈雷岛上的奴隶堡是当年奴隶贩子关押和转运黑奴的牢房。戈雷岛上有数百所奴隶堡，奴隶贩子以极其残暴和野蛮的手段在西非地区捕捉黑人，然后把他们集中关押在奴隶堡中，以便等待出售和转运。

大批黑奴像沙丁鱼一样塞满阴暗潮湿的牢房，他们只能站立或坐着，根本无法躺卧。为防止黑奴逃跑，奴隶贩子们还把他们捆绑起来。黑奴们就像猪、狗一样蜷曲在牢房里。

惨无人道的折磨和恶劣的生存条件，使黑奴病死者不计其数，他们的尸体随即被抛入大西洋。

黑奴的关押期一般为三个月或三个半月，时间一到，贩奴船会直接停靠在奴隶堡的后门口，装上黑奴并将其运往美洲。

1960年，塞内加尔独立以后，政府十分重视戈雷岛奴隶堡独特的教育意义，专门成立了"保护戈雷岛国际协会"，当年的奴隶堡被很好地保存了下来，成为景点。1976年，奴隶堡正式对外开放。

昔日许多黑奴的后裔，今天从世界各地回到戈雷岛寻根，戈雷岛已经成为让后代铭记祖先悲惨血泪历史的教育基地。1978年，联合国教科文组织世界遗产委员会将戈雷岛列入《世界遗产名录》。


### （三）奇异的玫瑰湖

说起塞内加尔最著名的自然景观，当数达喀尔郊区的玫瑰湖。玫瑰湖是一个面积只有3平方千米的盐湖，位于非洲的最西端——塞内加尔的佛得角上。

佛得角犹如一弯尖钩，伸进碧波万顷的大西洋之中，玫瑰湖就躺在与大西洋只有一线之隔的地方。从空中俯瞰，一道细细的金色沙滩将蔚蓝色的大海与粉红色的玫瑰湖分隔开来。海与湖都镶着银白色的花边，海的花边是一簇簇的浪花，湖的花边则是晶莹剔透的盐晶，颜色搭配十分协调。

据当地人讲，玫瑰湖的湖水会跟随季节的变化呈现从淡绿到深红的不同色调。每年12月到翌年1月，是玫瑰湖最美的时候，由于阳光与湖水中的微生物和丰富的矿物质发生化学反应，湖水呈现出绸缎一般的粉色，与玫瑰花的颜色一模一样，极为漂亮，玫瑰湖因此得名。这个季节，当地常刮干热风，当劲风吹来，波浪翻卷，湖水又如同一片红色的火焰，蔚为壮观。

　　玫瑰湖还有一种现象颇为神奇，即玫瑰湖在与外界并无水源相通的情况下，多少年来，湖水竟不涨不落。

　　当地男人每天的工作，就是站在齐腰深的湖水中向外捞盐，而他们的妻子则划着独木舟，将盐送到岸边。玫瑰湖每年可向塞内加尔市场提供上千吨富含多种微量元素的优质湖盐。

# 13. 和平安宁的地方

## ——漫步瓦加杜古

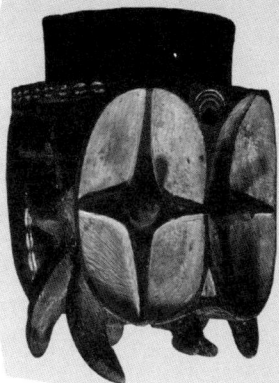

位于西非内陆的布基纳法索是世界上最贫穷的国家之一，对于许多布基纳法索人来说，日常生活的全部内容就是怎样生存下去。

布基纳法索虽然贫穷，但其首都瓦加杜古的人却乐观得令人吃惊。那里的人民热情友好，环境也安宁祥和，许多对这个国家心存疑虑的外国游客，最终都喜欢上了瓦加杜古。

### （一）和平安宁的地方

瓦加杜古是一个历史悠久的城市，始建于公元15世纪，是布基纳法索最重要的古都。

瓦加杜古原名"康巴坦卡"，意思是"战胜者的土地"。莫西族和尼奥尼塞族曾世代居住在这里。

据说，很久以前，势力强大的莫西族向势力弱小的尼奥尼塞族宣战，企图以武力征服尼奥尼塞人。尼奥尼塞族的酋长深知双方力量太悬殊，为使族人免遭战争践踏，决定委曲求全。酋长下令，不许抵抗，并派遣6位特使，牵着牛羊，到康巴坦卡城外等待莫西族大军的到来。

当莫西族首领率领大军到来时，看到有人在城外迎候，感到非常意外。

这时候，尼奥尼塞族的特使们走上前来对莫西族首领说："我们的酋长为你们准备了丰富的礼物，并派我们在这里迎候你们。"

莫西族大军进城后，证实了特使们的话，从首领到士兵都很感动，不禁连声高呼："瓦加杜古！瓦加杜古！"意思是，"和平安宁的地方！和平安宁的地方！"

从此，两个部族的人民共同生活在这里，相处友好，尼奥尼塞族逐渐被莫西族同化，"康巴坦卡"也为"瓦加杜古"取代。

1960年，布基纳法索取得独立，瓦加杜古成为首都。

经过60多年的发展，现在的瓦加杜古林木繁盛，百花争艳，使人赏心悦目。

市内有宽阔的"革命大道"、庄严的"联合国广场"、雄伟的人民宫和现代化的体育场。

市区的"非洲人大市场"商品繁多，顾客熙熙攘攘，独具非洲风情。

在这个贫穷国家的首都，令许多外国游客感到吃惊的是，瓦加杜古的城市建筑并不比其几个邻国的首都差，在这里既可以看到色彩明净的欧式别墅和造型独特的热带楼房，也可以看到条件不错的酒店、高档的餐厅以及充满情趣的夜生活娱乐场所。

## （二）"非洲影都"

布基纳法索虽然经济落后，但是文化教育和新闻电影事业在西非地区却相对比较发达，特别是电影业，在西非地区颇有名气，其首都瓦加杜古还有"非洲影都"之美称。

布基纳法索独立以后，政府十分重视电影事业的发展。布基纳法索是非洲最先实行电影院国有化的国家，瓦加杜古集中了非洲电影业的主要机构，其中包括泛非电影发行公司和泛非电影制片中心。瓦加杜古还有一所电影培训和研究学院，为非洲影坛培养和输送了不少人才。

瓦加杜古的十几家电影院大量放映非洲影片，为非洲电影事业的发展作出了重要贡献。

创办于1969年的瓦加杜古泛非电影节，每两年举办一次，与突尼斯的迦太基电影节交替举办。瓦加杜古泛非电影节于奇数年的二月举行，电影节期间，瓦加杜古全城张灯结彩，电影院里座无虚席，十几个电影院争相放映非洲电影，盛况空前。

瓦加杜古泛非电影节如今不仅是非洲很重要的电影节和文化盛会，而且在世界各大电影节中也有一定的影响，吸引了大批非洲以外国家的电影人。

经过50多年的发展与完善，瓦加杜古泛非电影节已经成了这个城市最靓丽的一张名片，瓦加杜古因此也被世人称为"非洲影都""非洲的好莱坞"和"非洲的戛纳"。

## （三）"皇帝上朝"

布基纳法索至今仍保留着莫西皇帝的称号及相应的礼仪习俗。莫西语称莫西皇帝为"莫罗—纳巴"。

瓦加杜古的"莫罗—纳巴"影响力非常大，他是布基纳法索最有权力的传统领袖，政府在作重大决策之前，都要象征性地咨询他的意见。

"莫罗—纳巴"居住在一个占地广阔、建筑别致的城堡中。每天的清晨和傍晚，城堡里都要鸣放火炮，准时报告"莫罗—纳巴"的起床和就寝。

　　每个星期五是"莫罗—纳巴"的"上朝日"，整个仪式在皇宫前面的广场上举行。

　　星期五早晨7点15分，仪式正式开始。莫西族的重要人物搭乘汽车、出租车等提前到达皇宫前面的广场，并互相问候，然后按地位高低，席地而坐。

　　7点15分，"莫罗—纳巴"准时出现在皇宫门口，他身着红色的衣服，这是战争的象征。伴随"莫罗—纳巴"一起出现的，是他的一匹骏马，这匹马已被精心装扮。

　　随着一声炮响，最重要的人物起身，鞠躬行礼。礼毕，"莫罗—纳巴"退下。他的骏马被卸下马鞍，然后迈着小碎步环绕皇宫跑上一圈。

　　接着，"莫罗—纳巴"身着全白色的衣服再一次出现，这是和平的象征。

　　最后，"莫罗—纳巴"的仆人邀请宾客进入皇宫饮酒。大多数客人饮用的是谷物啤酒，穆斯林饮用的则是可乐果调制的一种饮料。

　　外国游客需要特别注意的是，这可不是一般的清晨酒会，也不是为外国游客举行的什么表演。这是"莫罗—纳巴"在皇宫接见群众、倾听群众意见的仪式。

　　莫西族人事无巨细都要聆听"莫罗—纳巴"的指示。另外，"莫罗—纳巴"上朝这天，还会对本地的一些纠纷和案件做出判决。由此可见，"莫罗—纳巴"上朝这个仪式对维持莫西社会的秩序还是有一定作用的。

# 14. 小国家大首都

## ——记多哥首都洛美

世界上有一些国家默默无闻，但其首都却广为人知，人们通常把这种现象叫作"小国家，大首都"。

西非有个国家叫多哥，我相信不少人没有听说过，但多哥的首都洛美却名气很大，尤其是四个《洛美协定》在这里签署后，洛美更是名声大振。

### （一）阿洛树丛中的小城

洛美濒临大西洋的几内亚湾，有平静而美丽的沙滩、颇有情趣的大市场、宽阔整洁的街道、热情好客的人民。洛美是西非最美丽的城市，享有"非洲日内瓦"和西非"小巴黎"之美誉。

洛美在18世纪20年代曾是埃维人的一个小村庄，"洛美"一词由埃维语"阿洛美"演变而来。阿洛是一种灌木，可以用来清洁牙齿；"美"在埃维语中是"在……中间"的意思，两个词连起来就是"在阿洛树丛中"。

相传在200多年前，一群北方的埃维人因不堪忍受诺塞酋长国的暴政，逃亡至海边，在阿洛树林中安了家，并逐渐形成了一个村落。

有一天，大家聚在一起商量给村子取个名字。刚开始的几个

备选名大家都不满意。

这时，一个年长的猎人环顾四周，看到周围全是阿洛树，不禁脱口而出："阿洛美。"众人一听，皆大欢喜，觉得这个名字既响亮动听，又能体现村庄的特点，一致同意将村庄定名为"阿洛美"。

后来，人们发现"阿洛美"容易与"阿洛"混淆，就省去"阿"，简称"洛美"。

在被殖民统治的60多年里，洛美虽然被选定为殖民统治的首府，但只不过是一个大村镇而已，市容也一直破败不堪。

1960年，民族独立的旗帜在洛美城升起，洛美从此迎来了新生。经过60多年的建设，如今的洛美已旧貌换新颜，城内绿树成荫，繁花似锦。

宽阔的"一月十三"大道，从金色的海滩一直延伸到夜生活娱乐场所密布的市中心。

美丽的独立广场花草遍地，景色迷人，广场中央矗立着象征新生的独立纪念碑。广场西侧的"二月二大酒店"，高达100多米，是西非地区最高的建筑物。

市区的街道上，不时可见巨大而新奇的街头雕塑，给这座城市平添了独特的艺术魅力。

海滩是洛美一道靓丽的风景线，蔚蓝的海水在阳光照射下洁净而清澈，银白色的沙滩坦坦荡荡伸展开去，辽远而开阔。

大海的颜色会随着天气的变化而变化，一会儿是墨绿色的，一会儿又变成了碧绿色。

洁白的海浪一波波、一浪浪扑向海滩，那浪花上的水珠好似一串串白色的珍珠，晶莹剔透，闪闪发光。

几内亚湾的美景可以与世界上那些著名的海滨相媲美，洛美的海滩以其迷人的魅力，吸引着成千上万的外国游客。

## （二）《洛美协定》的诞生地

由于多哥政府奉行和平、中立和不结盟的外交政策，主张在平等互利、互相尊重主权和领土完整的基础上，同所有国家建立友好合作的关系，所以，多哥政府和已故总统埃亚德马赢得了国际社会的广泛好评。

洛美景色怡人、交通便利，许多国际性的会议都选择在这里举行。其中，最让洛美人感到自豪的是，四个著名的《洛美协定》都诞生在这里。

《洛美协定》是欧洲经济共同体与非洲、加勒比海沿岸和太平洋地区一些发展中国家在洛美签订的贸易与经济协定。从1975年至1989年，一共在洛美签订过四个《洛美协定》。

第一个《洛美协定》于1975年2月28日在洛美签署，第二个《洛美协定》于1979年10月31日在洛美签署，第三个《洛美协定》，于1984年12月8日在洛美签署。第四个《洛美协定》于1989年12月12日在洛美签署。

《洛美协定》使得非洲、加勒比海沿岸和太平洋地区的发展中国家的工农业产品能够通过贸易优惠制度，更加便利地进入欧洲共同市场，进一步加强了南北国家之间的经贸合作。

多哥政府和人民在四个《洛美协定》签订的过程中，发挥了重要作用，为四个协定的签订作出重要贡献。同时，四个《洛美协定》的签署，也为洛美人民和洛美城赢得了国际声誉，让世界上很多人记住了洛美这个城市。

# 15. 黑奴在这里死去

## ——科托努杂记

### （一）死亡的河口

贝宁的经济首都科托努南临几内亚湾，北濒诺奎潟湖。在这里，你既可以领略椰林海滩的热带风光，又能够沐浴大西洋略带咸味的海风。可就是这样一座美丽的海边城市，当地丰族人却称之为"科托努"，意为"死亡的河口"。

人们也许会感到奇怪，这么美丽的城市，怎么会有如此恐怖的名字？但是，了解贝宁历史的人都知道，这个名字印证了当年阿波美王国在奴隶贸易中犯下的罪行。

从公元1530年起，葡萄牙、荷兰、英国、法国、西班牙等国的奴隶贩子纷纷踏上了今日贝宁的国土。当时，统治这块土地的有阿波美等十多个王国，其中，实力最强大、率先与欧洲奴隶贩子相勾结从事肮脏奴隶贸易的是阿波美王国。

欧洲奴隶贩子刚刚来到阿波美地区的时候，曾自己动手捕捉奴隶。后来，因为捕捉奴隶的奴隶贩子经常被当地人打死，他们害怕了，于是改变办法，假手贪婪无耻的阿波美王国的国王，低价向其收购奴隶。

奴隶贩子们在大西洋沿岸建造奴隶堡，将收购来的奴隶先关押在那里，等奴隶船到来后，再将他们装船运往美洲大陆。

奴隶贩子们在贝宁沿海建造了许多奴隶堡，其中最著名的奴隶堡位于维达和韦梅河的入海口。

韦梅河的入海口在奴隶贸易兴起前，本是一个默默无闻的小村落，随着欧洲奴隶贩子们蜂拥而至，这里逐渐成了他们在西非从事奴隶贸易的重要集散地之一。奴隶贩子们在这里建立了用于收购、集结、转运和监管奴隶的"商站"和要塞。阿波美王国捕捉的很多奴隶都是押解到这里来，卖给欧洲奴隶贩子的。

惨无人道的奴隶贩子为了挑选健壮的奴隶运往美洲，先要将奴隶们关进一间间囚室，让他们戴着枷锁跪着，不给食物。经过几天的折磨以后，凡是生病或濒临死亡的奴隶，一律被抛进大海喂鱼。所以，在韦梅河的入海口一带经常漂浮着大量奴隶的尸体，当地丰族人因此将这一带称为"科托努"，意即"死亡的河口"。

奴隶贸易，这人类历史上最黑暗的一页虽然翻过去了，但奴隶贸易留给贝宁人民的痛苦记忆却是刻骨铭心的，"科托努"就是那个黑暗的时代留在贝宁这块土地上的历史印记。


## （二）"黄衫军"

第一次来到科托努的时候，我发现了一个奇怪的现象，这就是当地骑摩托车的人都穿着黄色衬衫。一开始，我还以为这是当地的一种习俗，后来经过询问才知道，这些穿黄色衬衫的人原来都是"摩的"司机，他们所骑的摩托车是专门用来载客的。我再观察，果然如此，每个"黄衬衫"的摩托车后座上都坐着一个人，有的"黄衬衫"后面还坐着两个人。再后来，我还听说科托努的中国人称呼这些"摩的"司机为"黄衫军"。

科托努，贝宁的第一大城市，有80多万人。可这样大的城市却很难找到一辆公共汽车，出租车也少得很。人们出行，除了私家汽车以外，基本上得靠"摩的"。可以毫不夸张地说，科托努的大街小巷都有"摩的"在飞驰，科托努的街头巷尾到处都能看到"黄衫军"的身影。至于科托努"摩的"的确切数量，实在无法统计，因为"摩的"的从业人员很不固定，骑摩托车的人套上一件黄衬衫，他就是"摩的"司机，他就可以载客；脱下黄衬衫，他就是路人。

摩托车灵活便捷，大街小巷都能通行，收费又低，因此，科托努普通老百姓出行的首选交通工具便是"摩的"。

由于"摩的"已经成为科托努人日常生活中最重要的交通工具，所以无论是"摩的"司机的驾驶技术，还是乘客的骑坐技巧，都已经达到了炉火纯青的地步，尤其是两者之间的配合更是天衣无缝。

有一次，我在科托努大市场的马路边看到一个年轻姑娘，她头上顶着一个巨大的塑料盆，盆里装满冰块和鲜鱼，站在街边等"摩的"。那满满一盆看上去至少有四五十斤。那一天，我也不知为什么，突然有一种想看好戏的念头，因此很有耐心地等着看她到底如何上车。

终于，从老桥方向驶来一辆"摩的"，眨眼间，已停在卖鱼姑娘身边。两人悄声杀价，价格谈妥，年轻姑娘一手提长裙，一手扶住硕大的塑料盆，也不知怎么腿向后一偏，在我还没有看清怎么回事的时候，已稳稳当当地坐在"摩的"的后座上了。整套动作连贯而迅速，看得我目瞪口呆。

还有更绝的：有一天，我在科托努的商业一条街上，看到一个小伙子头顶一个双门冰箱，骑坐在一辆飞驰的"摩的"后座上。商业一条街上，车辆来来往往，行人川流不息，可"摩的"在车流和人群中窜来窜去，后座上的小伙子还双手大撒把。特别是"摩的"车身偏斜、转弯时，前后两人配合默契，仿佛经过多次排练，令人叹为观止。

## （三）"社会主义道路"

20世纪60年代，在反抗殖民侵略和争取民族独立的伟大斗争中，非洲大地上曾经出现过许多政治思潮。例如："塞内加尔国父"桑戈尔主张实行适合非洲实际的社会主义道路，坦桑尼亚的尼雷尔则推行乌贾马社会主义。但真正选择走社会主义道路，实行社会主义制度时间最长的国家，当数西非的贝宁。

贝宁旧称"达荷美"，1960年8月1日独立时，成立达荷美共和国。1972年10月26日，以克雷库为首的少壮派军官发动军事政变后上台。1974年11月30日，克雷库发表《阿波美宣言》，确立了马克思列宁主义在贝宁的"指导思想"地位，明确了贝宁的社会主义发展方向，并改国名为"贝宁人民共和国"。

客观地讲，克雷库选择走"社会主义道路"，有其信仰马克思列宁主义的成分在内，但更主要的还是出于对贝宁前途以及军人集团利益的现实考虑和需要。

克雷库在选择社会主义发展道路的过程中，不仅受到了苏联和中国的影响，也受到了朝鲜和几内亚的影响。克雷库总统始终把苏联和中国都当作社会主义大国看待，并自认为贝宁的社会主义一大半是中国式的，一小半是苏联式的。

位于科托努城东的列宁广场和城西的红星广场，是克雷库总统当年实行马克思列宁主义试验的辉煌标志。

列宁广场由苏联援建，广场中央屹立着一尊列宁的标志性塑像：右手高举，直指前方。

红星广场由朝鲜援建，广场中央耸立着高大的纪念塔，塔顶上有工人和农民的塑像和一个巨大的红色五角星。所以，该广场被称作"红星广场"。

从1974年11月30日克雷库发表《阿波美宣言》，宣布选择社会主义道路，到1989年12月克雷库宣布放弃马克思列宁主义，放弃社会主义道路，共15年时间。15年，在人类历史的长河中，只不过是短短的一瞬，但对于选择社会主义道路的克雷库政权来说，却是大起大落、生死攸关的15年。

现如今，贝宁的社会主义探索早已成为历史，这幕大剧的主角克雷库总统也已经作古，列宁广场和红星广场也历经沧桑。列宁广场中央的列宁塑像早已被拆除，红星广场纪念塔顶的红星也未能幸免。

在克雷库总统刚逝世时，有些贝宁的老人不无伤感地说，克雷库总统死了，列宁塑像毁了，红星也不亮了。

克雷库总统选择社会主义道路的功过是非还是留给后人去评说吧。

# 16. 尼亚美街景

尼日尔首都尼亚美地处撒哈拉沙漠南缘，气候干燥炎热，有"西非火炉"之称，但因尼日尔河穿城而过，尼亚美呈现出一派沙漠绿洲的独特风光，堪称尼日尔河畔的一颗明珠。

## （一）牛羊满街跑

无论到哪个城市，我都喜欢先逛一逛大街，看看这个城市的街景。我第一次到尼亚美，是20世纪90年代中期，尼日尔刚刚发生过一次军事政变，总统的卫队长开枪打死了总统，自己当上了革命委员会主席。

当时的尼亚美街头停放着不少坦克和军车，接我的汽车进入市区以后，我透过车窗看到了非常奇特的一幕：一大群牛，据我估计至少有100头，在大街上慢吞吞地走着，牛群的后面跟着四五辆军车，每辆军车上都站着全副武装的士兵。

起初，我以为这些军车和士兵是负责押送这群牛的，叫当地司机告诉我，这些牛是尼亚美郊区牧民的，每年旱季，郊区的牧民都会赶着牛到尼亚美市区放牧。而那些军车和士兵是在执行巡逻任务。按照当地的交通规则，汽车在城里的大街上是不能鸣笛

115

驱赶牲畜的，因此，这些军车只能跟在牛群后面慢慢地前行。

此后，我在尼亚美工作期间，不但经常在大街上遇到牛群，还常常碰见羊群。

尼亚美的牛，胆子大，性子慢，不论是遇到汽车还是碰见行人，从来不害怕。在尼亚美的闹市区，你经常可以看到一大群牛在前面不慌不忙地走着，一长排汽车在后面不急不躁地跟着。

尼亚美的羊，胆子则小得多，如果牧羊人看管不好，它们会在车流和人群中乱窜。最为有趣的是，这些羊也像人一样，喜欢在凉爽的夜晚上街溜达。有时候，在后半夜上街，还能碰见它们在大街上"散步"。


## （二）红绿灯下好"安家"

红绿灯是国际统一的交通信号灯。城市里的交叉路口，几个方向来的车都汇集在这里，有的要直行，有的要拐弯，到底谁先走，这就要靠红绿灯来指挥。

但是，我来到尼亚美后，却发现了这样一个现象，这里的红绿灯除了指挥交通以外，似乎还有接纳大大小小乞丐的社会功能。

在尼亚美市区，几乎所有交叉路口的红绿灯下，一年到头都有大量的乞丐聚集在那里。这里的乞丐大多以家庭为单位，占据着各个路口。不论白天黑夜，他们全家老小就盘踞在那些红绿灯下。红灯一亮，这些乞丐就全家老小一齐出动，将汽车团团围住，甚至把手伸进车内要钱要物。有时，绿灯都亮了，汽车还无法脱身。

尼亚美著名的大市场和小市场附近，有几个交叉路口是尼亚美乞丐争夺的热门地盘，因为这些地段车流量大，外国游客多，油水也大。乞丐为争夺地盘而发生械斗是家常便饭，有时候械斗就发生在警察眼皮底下，他们都装作没有看到。

刚到尼亚美工作时，我因为问路而与大市场附近红绿灯下的一个五口之家结缘。三年多以后，当我从尼日尔邻国贝宁再一次到尼亚美时，在大市场附近，我发现那个五口之家竟然还"坚守"在那个红绿灯下。他们也都认出了我，并且像见到老朋友那样激动。

### （三）大树底下好开店

常言说，大树底下好乘凉。而在尼亚美，我发现大树底下好开店。尼亚美街道两旁的绿化树下，几乎没有不开店的。闹市区林荫大道旁的芒果树下，有时一棵树下"簇拥"好几家"超市"。

尼亚美的"树下店"和"路边店"不仅数量众多、分布范围广，而且出售的商品多种多样。尼亚美大市场和小市场附近的"树下超市"，大多出售威士忌、白兰地等名酒和法国香水；住宅区内的"路边店"则主要卖各种蔬菜和小百货；而交通要道旁的"树下店"大多出售当地土特产和为游客提供食品；规模大一点的"树下店"甚至还销售进口的"二手"家用电器，如电视机、冰箱、空调等。

刚到尼亚美的时候，我感到很奇怪，这里为什么会有如此多的"树下店"和"路边店"？这些小店的生意又为何如此兴隆？后来时间长了，我发现这些"树下店"和"路边店"的存在与当地的自然条件和社会环境是分不开的。

尼亚美位于撒哈拉沙漠南缘，气候干燥少雨。这是"树下店"和"路边店"存在的先决条件。如果经常下雨，你在树下如何做生意？但是，如果没有水，树木不能成活，又如何在树下开店？所以，只有像尼亚美这样虽很少下雨，但有尼日尔河滋润树木的城市，才具备在树下开店的自然条件。

与自然条件相比，社会环境、特别是政府部门对市场的监管政策，对"树下店"和"路边店"的影响显然要大得多。尼日尔是世界上最贫穷的30个国家之一，政府无法解决人们的就业问题，所以对这种"树下店"和"路边店"采取的都是十分宽松的监管政策。正是在这种社会环境下，尼亚美的大街小巷到处都是"树下店"和"路边店"。

由于"树下店"和"路边店"无须租用店面，不需要承担房租和水、电等费用，其商品的价格比正规商店要便宜不少；再加上这些"树下店"和"路边店"遍布全市的各个角落，能给消费者带来极大的便利，自然会受到城市贫民的青睐。

# 17. 拉各斯风情实录

尼日利亚因尼日尔河得名，意思是"黑色的"，人们在非洲再也找不到像它一样的地方了。尼日利亚不仅是非洲第一人口大国，也是非洲最大的经济体，非洲GDP排名第一的国家。

1991年以前，拉各斯是尼日利亚的首都。1991年以后，它虽然不再是首都，但仍然是尼日利亚的经济和文化中心，是尼日利亚最大的城市。

近年来，拉各斯的人口骤增，是名副其实的非洲第一大都市。但不知为什么，我每次进入这座似乎把印度的加尔各答和纽约的哈莱姆结合在一起的大都市时，总会感到忐忑不安。

## （一）"潟湖明珠"

拉各斯，这个城市的名字来自葡萄牙语，在葡萄牙语中，"拉各斯"的意思是"咸水湖"，亦称"潟湖"。

拉各斯位于尼日利亚西南端，几内亚湾沿岸，由奥贡河河口的六个小岛和部分大陆组成，六个小岛和大陆之间通过宽阔的高架铁桥连成一体。

市区以拉各斯岛为中心，向东西两侧扩展，东连风景优美的伊科依岛和维多利亚岛，西经伊多岛向大陆部分延伸。维多利亚岛为使馆区，伊科依岛为富人区。市区北面是咸水湖，南面的海湾是著名的拉各斯港。

拉各斯多潟湖，全年阳光灿烂，既滨海，又临湖，得尽水利。因海风吹拂，拉各斯虽临近赤道，但并不酷热，市内棕榈婆娑，椰树摇曳，鲜花盛开，鱼鸥翱翔，一派水乡景色。拉各斯，因此又被人们称为"潟湖明珠"和"非洲威尼斯"。

## （二）黑人音乐之都

尼日利亚具有悠久的艺术传统，这在西非地区无可匹敌，至于音乐与文化，尼日利亚更是领跑者。

约鲁巴族是非洲人口最多的部族之一，其人口总数已经超过3500万。约鲁巴人绝大多数生活在尼日利亚西部和西南部，拉各斯是约鲁巴人最主要的居住地。

约鲁巴人曾经创造出灿烂辉煌的伊费文化和贝宁文化。1986年，获得诺贝尔文学奖的非洲剧作家、诗人、小说家沃莱·索因卡就是约鲁巴人，他是第一位获此殊荣的非洲作家，被世人誉为"非洲的莎士比亚"。

拉各斯的原创音乐以其多样性闻名于世，这里有很多著名的文化和艺术中心，包括名闻遐迩的"黑人与非洲人文化艺术中心"。

在拉各斯还诞生了许多享誉世界的音乐家，托尼·艾伦、阿肯·尤巴、凯泽阿·琼斯等就是其中杰出的代表。

约鲁巴人的日常生活离不开音乐，从出生到死亡，音乐贯穿其整个人生。约鲁巴人日常的音乐没有伴奏，类似于"阿卡贝拉无伴奏合唱"，人们用手拍打身体，打出节拍，同时载歌载舞。在大多数情况下，舞蹈比唱歌更重要。在约鲁巴人看来，单纯听歌算不上音乐体验，只有参与、融入才是音乐。

伴随着音乐，人们跳起活力四射的舞蹈，将声音与身体、说和唱、音乐和舞蹈、个人与集体完美地结合在一起。他们通过屈伸腰部、扭摆胯部、抖动臀部、摇晃双臂等动作，释放情绪，表达感情，并吸引异性的注意。

在尼日利亚的城市化进程中，拉各斯的现代约鲁巴音乐在传统音乐的基础上，大量吸收了扎伊尔音乐、卡利普索民歌、拉丁美洲桑巴舞曲以及美国黑人爵士音乐中的音乐元素，从而形成了约鲁巴音乐独特的混合风格，拉各斯现在已经成为名副其实的黑人音乐之都。

### （三）历史的暗角

对于拉各斯，世人并不陌生。即使没有到过拉各斯的人，也可能听说过这个非洲第一大都市的一些故事。在许多人的心目中，拉各斯总是与抢劫、偷盗、诈骗等犯罪活动联系在一起的。只要一提到拉各斯，西方人马上就会想到"哈莱姆"。众所周知，哈莱姆是美国纽约曼哈顿的一个社区，那里曾经一度是贫穷、毒品、卖淫和犯罪的代名词，被西方人称为"犯罪分子的天堂"。

但是，第一次来到拉各斯的人，大多数人很难将眼前的城市与哈莱姆联系起来。人们一进入拉各斯，现代化大都市的景象便扑面而来，高楼大厦鳞次栉比，高架桥上的汽车川流不息，港口中停满了万吨巨轮，宽阔的马路两旁绿树成荫，商铺林立，大型超市里商品充足，一派繁荣兴旺的景象。

可是，就在这一派繁荣兴旺、歌舞升平的景象背后，拉各斯确确实实存在太多的暗角：抢劫、偷盗、诈骗、暴力冲突和绑架就像病毒一样，存在于拉各斯的躯体里。

抢劫是拉各斯诸多城市毒瘤中危害最大的。藏匿于街头巷尾的小毛贼、出没于交通要道的江洋大盗，常常使游客和外国商人提心吊胆、恐慌不已。

人们对拉各斯的劫匪之所以如此恐惧，主要原因有两个。第一个原因是，拉各斯的劫匪大多数带有武器，而且是冲锋枪之类的精良武器，他们在与警察、宪兵交火时，火力上占据上风。第二个原因是，拉各斯的警察和宪兵对劫匪没有威慑力，劫匪在作案时肆无忌惮，真正是杀人不眨眼。

20世纪80年代以后，到拉各斯经商的中国人越来越多，到拉各斯寻求发展的中国公司也日益增多。刚开始时，中国人对拉各斯的治安情况不了解，对拉各斯劫匪的残忍和嚣张常常掉以轻心，因此吃了不少亏，有的人甚至丢了性命。

拉各斯劫匪敢在大白天抢劫银行，袭击商号和居民住宅，这也是中国人始料未及的。有好几家中国公司，一年内竟然遭受了七八次洗劫。有一段时间，因为劫匪的抢劫活动实在太猖獗，所有华人商店和中国公司办事处的窗户全都加装了防盗网，大门也都换成了高大坚固的大铁门，并且雇用武装警察和宪兵把守。拉各斯治安状况之险恶，由此可见一斑。

# 18. 古城卡诺探秘

豪萨族是非洲三大部族之一，我在西非
地区工作时，经常会遇到豪萨族人。这些豪萨族朋友总是会问我
是否到过卡诺古城，还有一些尼日利亚朋友对我说，到尼日利亚
来，如果不去卡诺，就不能算真正到过尼日利亚。由此可见卡诺
在豪萨人、在尼日利亚人心中的位置。

## （一）历史古城

卡诺是尼日利亚北部最重要的大城市，地处撒哈拉大沙漠的
西南缘。卡诺在11世纪时就是非洲著名的豪萨七邦之一的卡诺王
国的首邑。

卡诺编年史从10世纪记起，一直到现在，是非洲最完整的书
面历史记录。卡诺与非洲其他历史古城的不同之处在于，它虽然
经历了漫长的历史岁月，但并没有因为遭受战火或自然灾害而被
毁坏，古城墙至今仍然保存完好。人们能看到当年用黄土筑成的
古城墙和古城门。古城墙全长24千米，城墙底部的宽度达到12
米，城墙高4~4.5米。古城四周有17个城门，但也有人说，卡诺
古城的城门数至今仍是一个谜。

古城内的建筑大多是豪萨族传统的样式，用黄土垒成的城墙

123

高大而坚固，但房屋的门和窗子都非常狭窄，这主要是为了抵挡来自北方撒哈拉沙漠的风沙。房子的四角都筑有一个圆锥形的土柱，屋顶上建有女儿墙和垛口，房屋的外形有点像中世纪的城堡。

古城的中央是占地面积很大的卡诺酋长的王宫，古城中最高的建筑物是位于古城中心的清真寺，清真寺的宣礼塔显得特别气派。

卡诺古城有100多个小区，每个小区都有一个小清真寺和一个小市场。那些用黄泥建造起来的无数长方形小屋，构成了卡诺纵横交错的大街小巷。也不知为什么，这些寻常巷陌常常使初到卡诺的人感到既神秘又高深莫测。

### （二）卡诺王宫

公元11世纪前后，尼日利亚北方建立了7个豪萨城邦国。豪萨城邦国地处撒哈拉大沙漠的南缘、横贯非洲的萨赫勒地带，位于热带稀疏草原和热带雨林之间，土地肥沃，人口稠密，铁矿资源蕴藏丰富。因此，这些豪萨城邦国的农业、冶铁业、手工业都很发达。

当时的卡诺酋长国是这7个豪萨城邦国中最强大的一个，所以，卡诺酋长的宫殿自然也是7国酋长宫殿中最雄伟和最奢华的，同时也是最神秘的。卡诺酋长在当地亦称"卡诺王"，其宫殿也因此被称为"卡诺王宫"。

卡诺王宫的围墙高达3米，墙身比卡诺古城墙还要坚固，墙面平整光滑，比古城内普通土屋要讲究得多。

卡诺王宫院内的面积很大，众多非洲传统建筑和点缀其间的现代化建筑，全都掩映在成片的浓荫之中，使王宫显得越发幽深与神秘。

"卡诺王"是尼日利亚的大酋长，在卡诺地区拥有绝对权威，是一个被当地人奉若神明的人物。当地老百姓很难见到他，以能受到他的接见为荣。

卡诺有位布商，在当地算得上富甲一方，是个有头有脸的人物，我们通过他，还费了不少"银两"，才得见卡诺王的"龙颜"。卡诺王接见我们的阵势和排场，真让我们大开眼界。卡诺王身材高大魁梧，身着华丽的大氅，身后站立着手持羽扇的宫女，地上跪伏着一众高官。这一切当然都是为了显示卡诺王的威仪，但我总觉得好像是在拍摄电视剧。

### （三）靛青之王

公元16世纪，尼日利亚北部曾有众多豪萨城邦国同时存在，其中以道拉、比兰、卡齐纳、扎里亚、卡诺、拉诺和戈比尔最为强盛，史称"豪萨七邦"。

这些城邦国各有特点，各有优势，例如：有的城邦国军事力量强大，被称为"战争之王"；有的城邦国贸易发达，被称为"市场之王"；还有的城邦国手工业很发达，被称为"手艺之王"。当时，卡诺城邦国的纺织业和印染业很发达，因此被誉为"靛青之王"。

卡诺城邦国由于拥有比其他城邦国先进的纺织机械，纺织技术非常高超，再加上工匠们经验丰富，很早就开始纺织棉布，卡诺的纺织品畅销西非各地，卡诺的工匠们被称为"西非纺织工"。

卡诺现在还有一个老染坊，已有500多年的历史。老染坊在一个大院子，地面上布满染坑。染坑有一丈多深，坑口大小相当于中国的水井，只是没有井沿。大部分染坑中的染浆是深蓝色的，都有些年头了，有的染浆已有上百年的历史，染浆上面漂浮着落叶、花瓣、虫尸、纸屑等。

富有的染匠家通常拥有几口染坑，大体上能靠染坑满足衣食住行；但大多数染匠很贫穷。

染布时，染匠们坐在染坑边上，把一块块布料浸没在染浆里，然后拎起来，在空中停留几秒钟后再将其浸入染浆中。这两个动作要重复八九天时间，一块布料才能染成。

染过的布料晒干后还需要抛光——用木槌捶打布料，全靠木槌将布料捶打出光泽。

木槌一头大，一头小，有点像中国早年洗衣服用的棒槌，只不过要粗数倍，而且要短一些。木槌是用非洲特有的硬杂木做成的，木质极硬，木色温润。

抛光的工人两人一组，面对面，将布料折成方块，放置在两人中间。两人手中的木槌轮番捶打布料，整齐密集的捶打形成一排排波浪形花纹，布料上捶打过的地方闪闪发光，有如绸缎。

老染坊扎染的第一道工序是扎结，这种工作大多是由妇女完成的。她们用针线将白坯布打结，形成皱褶，皱褶形成一圈圈网形图案，这是扎染的第一步，随后进行印染，印染后再拆除打结的线。

卡诺的扎染工艺与我国的扎染工艺非常接近，中国和非洲相距不止万里，最初也不知是谁向谁取的经。

## （四）乞丐街

卡诺市中心有一条著名的林荫大道，名叫"唐塔塔"大街。唐塔塔为卡诺首富，但以其名字命名的这条大街上却乞丐云集，当地人因此习惯性地称这条大街为"乞丐街"，它的真实名字反而逐渐被人们淡忘了。

这条大街上为什么会有这么多乞丐？带着这个疑问，我咨询了当地人。据当地人讲，这主要是因为这条大街上居住着很多富人，乞丐们是奔着居住在这里的富人们来的。

尤其是星期五，乞丐们一定会蜂拥而至，因为星期五是穆斯林的主麻日，《古兰经》中早有在主麻日帮助弱者的训诫。因此稍有一点能力的穆斯林，在这一天都会对穷人施以援手，居住在这里的富人们当然会更加大方。所以，星期五这一天一定会有大量乞丐聚集到这里，等待富人们的施舍。时间长了，这条大街就成了乞丐街。

卡诺的乞丐大军主要由两种人组成，一种是残疾人，另一种是伊斯兰教学校的贫穷学生。伊斯兰教学校的学生何以会成为乞丐呢？这得从伊斯兰教学校的性质说起，卡诺城从公元12世纪实行伊斯兰教法后，逐渐形成了一个传统，卡诺的孩子在三四岁就要被送到伊斯兰教学校，进行伊斯兰教基础学习。这些学生基本上不交学费，老师们的收入主要依靠学生家长的馈赠，而对于那些家里没有钱的穷学生，老师就让他们上街乞讨，他们乞讨所得钱物，必须全部交给老师，这种学生乞丐在卡诺乞丐大军中占有很大的比重。

"唐塔塔"大街富人的慷慨大方和乐善好施，在卡诺市声名远播，这从客观上也促使了乞丐街的形成。

　　每个星期五，"唐塔塔"大街都有富豪在自家门前支起锅灶，熬上几大锅玉米糊糊，分发给乞丐们。

　　有些大富豪在重大节日时，除了施舍饭食外，还会给乞丐们发放点小钱。因此，每逢重大节日，这条街上到处都是乞丐，有好多乞丐还是从其他城市赶来的。

　　卡诺是一座久负盛名的古城，它有着悠久的历史和灿烂的文明。卡诺古城是豪萨古文化的发源地，是6000多万豪萨人心中永远的圣城。

# 篇三
# 妇女众生相

旷野上的农妇，

芒果树下的厨娘，

天涯路上的歌女，

潜规则下的女秘，

神秘莫测的女巫……

一个个鲜活的面容，

全在心中凝成永恒。

# 1. 扶郎花开

## ——劳动妇女剪影

### （一）"嫁给土地的女人"

在辽阔的非洲大地上，有各种各样的奇花异草，我却对非洲菊情有独钟。我爱非洲菊，不仅因为它花朵硕大而美丽，还因为它有一个温馨而浪漫的别名：扶郎花。正是由于这个美好的别名，人们才将其视为黑非洲妇女的象征。

经过5个多月的漫长旱季，西非地区从4月份起，由南向北渐次进入雨季。广袤的西非原野从枯黄渐渐变为浅绿，广大农民也开始准备播种玉米和棉花。这时的田野里经常可以看到人们忙碌的身影。当你走近这些忙碌的人群时，你会发现这里是女人的世界。所有的女人，不论年老的女人还是年轻的女人，身后都用一个布兜背着一个小孩，年轻的女人背的当然是自己的小孩，而年老的女人背的应该是自己的孙子或孙女。由于天气炎热，在田间劳动的女人几乎全都裸露着上身。也许是因为习惯成自然，裸露上身的她们，在我们这些外国人面前丝毫没有羞涩感，每个人都落落大方。当身后的孩子哭着要吃奶的时候，她们会十分熟练地把孩子移到胸前，一边给孩子喂奶一边干活。

日落后，在回家的路上，她们还要沿路捡一捆柴火，并顶在头上带回家去。在夕阳的映照下，我们常常可以看到一群群妇女，头顶柴火或水罐，身背小孩，在田野里匆匆赶路。

在西非地区的农村，"一夫多妻"是普遍现象。一个女人很难依靠丈夫来养活自己和自己的孩子们，她可以指望的常常是结婚时丈夫分给她的那一块地。所以，西非地区的人们常把这些女人称作"嫁给土地的女人"或"与土地结婚的女人"。

## （二）大市场的主角

西非传统市场是外国游客经常光顾的场所。这些传统市场不仅规模大，而且商品五花八门。要了解非洲的风土人情，这些传统市场是必去的地方。在这些传统市场内，有道特别的风景线常常引起外国游客的好奇，那就是市场里经商的人大部分都是女人，而且一些女人还光着上身。

刚开始的时候，每当看到这些女人光着上身时，我总不好意思注视她们。但她们却一点儿也不害羞，丝毫也不感到难为情，甚至还大大咧咧地和客人开玩笑。

另外，这些女人的泼辣能干也给我留下了深刻的印象。例如，卖活禽的女贩子，不仅杀鸡的动作非常麻利，而且用两三杯热水，就能把整只鸡的鸡毛拔得干干净净。在我看来，这简直是一种绝技。

这些女人不但泼辣能干，而且对顾客非常热情，特别是看到老主顾时，老远就会跑过来，把你往她的摊位前拽，经常可以看到几个女人争抢一个顾客的情形。然而，这些女人之间的关系却非常融洽，很少看到她们争吵。

可以毫不夸张地说，是这些平平常常的女人，撑起了西非传统市场这片天。

### （三）"锁在深宫里的女人"

与上述在田间劳作的农妇和在传统市场经商的女人比较起来，西非地区农村穆斯林妇女过的则是另外一种完全不同的日子。

由于伊斯兰教的教规严禁已婚妇女随意在公共场所抛头露面，所以，她们至今仍过着与世隔绝的生活。

按照伊斯兰教教规，妇女从结婚之日起，便不能再随意出门，如果要出门，必须得到丈夫的许可，并由他陪伴一起出去。其他时间，这些穆斯林妇女就一直待在自家院子的狭小空间里，过着足不出户的寂寞生活。

被禁锢在自家庭院里的穆斯林妇女虽然足不出户，却承担着十分繁重的家务劳动。家里的粮食要由她们脱粒和扬谷，并在木臼中捣碎。而她们使用的工具依然十分原始和简陋，其劳动强度也就可想而知了。此外，她们还要负责为全家人洗衣和做饭，她们一整天几乎没有空闲的时候。

由于西非地区至今仍相对封闭和落后，很多穆斯林妇女不识字，也没有看过电影，她们与现代社会生活唯一的联系就是用收音机收听广播。

有人将远离现代社会生活，一辈子生活在狭小庭院里的穆斯林妇女称作"锁在深宫里的女人"。随着对西非劳动妇女社会生活和社会角色的了解，我越来越觉得，将非洲妇女喻为扶朗花是完全贴切的。

# 2. 天涯歌女

20世纪90年代中叶，我第一次去贝宁经济首都科托努。一天清晨，天还未大亮，我所住公寓的楼下，忽然传来非洲女人尖利的舌颤音。

根据我以往的经验，非洲女人只有在遇到特别高兴或悲伤的事情时，才会发出这种尖利的舌颤音。

我打开窗户，看到对面一户人家门口聚集着十多个黑人妇女，她们一边尖叫，一边用手不断拍打着嘴巴，舌颤音正是她们发出的。

紧接着，我看到两个背着达姆达姆鼓的黑人男子，领着十多个身着统一民族服装的黑人妇女，急匆匆地赶到了这户人家门口。随着激昂的达姆达姆鼓声的响起，黑人歌女的嘹亮歌声立即响彻云霄。

来到非洲以后，我曾在一些城市的舞台上看过非洲歌舞的演出，但像现在这样在家门口看黑人的歌舞演出，还是第一次。当我兴致勃勃地赶到这户人家门口时，看到两个鼓手和歌女们已经分坐在大门的两侧。

我看了一下，十多个女歌手中，除两个中年妇女外，其余均为二十来岁的妙龄女郎。她们的服装和头饰不仅样式相同，连颜色和花样都完全一样。

领唱的总是那两个中年妇女，她们的表演稳重大方，而那些应和的年轻女歌手则显得非常活泼。她们的演唱展现出一种天然的韵律和节奏，也就是我们常说的原生态。

不一会儿工夫，女歌手们嘹亮的歌声引来了许多观众，他们一会儿鼓掌叫好，一会儿开怀大笑，现场的气氛十分热闹。

由于女歌手们使用的是她们本民族的语言，我根本听不懂她们演唱的内容，也不知道她们为什么到这户人家门口来演唱。我一连问了好几个看热闹的观众，他们也都说听不懂。他们说，这些女歌手是阿贾族人，而他们是丰族人，所以他们也听不懂演唱的内容。

正当我干着急的时候，公寓的看门人也过来看热闹，我赶忙请他给我介绍一下情况。看门人告诉我，这些女歌手确实都是阿贾族人，是从邻国多哥过来的，她们是民间歌手，实际上也是职业乞丐。她们到处流浪，四下寻找那些家里有红白喜事的人家。找到这样的人家，也不管人家愿意不愿意，就在人家门口击起鼓，唱起歌来。

这些民间流浪歌手最大的能耐就是，能在很短的时间内摸清主人家的家庭情况，并且编成歌词来演唱。他们有很强的说唱能力，能根据每个家庭的不同情况，随编随唱。歌词当然都是对主人家的赞美和祝福，诸如家庭幸福、婚姻美满、人丁兴旺、生意兴隆等等，有时也会穿插一些插科打诨和幽默小段子。

当有客人到来时，民间歌手们会针对客人的身份，恭维客人，以获得客人的赏赐。

主人家的活动一般要进行一天，这些民间歌手就要说唱一天。中午时，主人家自然会好好招待他们。活动结束后，他们还能得到一定的报酬。如果是喜事，主人家一般出手都比较大方，民间歌手们就会有较丰厚的收入。

正当看门人给我详细介绍女歌手们演唱的内容时，人群中忽然出现了骚动，原来是这户人家的男主人和他的妻子抱着昨天刚出生的孩子，出来向亲戚朋友致谢了，同时给这些歌手们打赏。男主人打赏的方法很特别，只见他拿出一沓面值为1000非洲法郎（约合人民币12元）的纸币，快步向歌手们走去。他每走到一位歌手面前，都会拿起一张纸币，蘸上唾液，贴到这位歌手的额头上。如果现场的观众认为某位歌手唱得好或者长得漂亮，等到男主人给她打赏时，大家就会齐声高喊："再来一张。"尖叫声和哄笑声顿时响成一片。

看门人还告诉我，如果是参加丧礼，民间歌手常常以《古兰经》中的内容和死者生前的美德来追悼死者。在丧礼活动中，民间歌手同样要击鼓和唱歌，只不过鼓点是低沉和缓慢的，歌声也充满了悲痛与哀伤。参加丧礼活动的民间歌手，同样能从主人家获得一定的报酬。

此后，我在非洲的数十年间，不论在农村还是在城市，经常能看到民间歌女的身影。尽管当地人称呼她们为职业乞丐，但我认为，她们与那些纯粹向他人索要钱物的乞丐有本质的区别。一般的乞丐以不劳而获为特征，但民间歌女是具有一定技能的，她们靠自己的技能为别人服务从而获得一定报酬，她们是值得尊敬的。

# 3. 非洲"犹太人"

如果驾车从拉各斯出发，沿几内亚湾的海岸向西行驶，几乎每隔两个小时就可以经过一个西非国家的首都，先是贝宁的首都波多诺伏，然后是贝宁的经济首都科托努。继续往西行驶两个小时，便到了四个洛美协定的诞生地——多哥的首都洛美。再往西行驶两个小时，就到了非洲独立运动先驱恩克鲁玛的故乡——加纳的首都阿克拉。这一路上，你可以见到许多非洲传统的大市场。

在这类传统大市场里，经商的大多是女性，几乎看不到男人的身影。

不仅大市场里经商的大多是女人，商业街上沿街叫卖的小贩也是小女孩。那些头上顶着水桶、沿街叫卖冰水的是小女孩，那些头顶蔬菜篮子、上门兜售瓜果蔬菜的也是小女孩……

有一次，我笑着问我雇用的当地司机："为什么满大街做生意的都是女人？男人都到哪里去了？"司机回答说，从尼日利亚南部到加纳南部的沿海地区是约鲁巴族的聚居区，约鲁巴人的习俗就是男人务农、女人经商，约鲁巴女人的生意头脑在西非地区声名远扬，人们常常称她们为"非洲的犹太人"。

为了验证司机的说法，我问过不少做生意的妇女是哪个民族的，她们都说是约鲁巴族。后来，我在当地的朋友也都证实了这一点，约鲁巴族的传统确实如此：男人下地干活，务农为生；女人做生意，经商为生。

约鲁巴女人经商，笃信"经商不跑不活，坐门难见顾客"的生意经，她们常常头顶各种小商品，穿梭于大街小巷和交通要道。有时候，为了卖出去一包纸巾或一盒口香糖，她们会跟着汽车跑几百米；为了推销水果和蔬菜，她们会头顶几十公斤重的菜篮子挨家挨户上门兜售。

约鲁巴女商人，精于算计，善于迎合顾客的心理，"巧妙"地推销自己的商品。毋庸讳言，在这些精明的约鲁巴女商人中，也不乏刁滑之辈。例如，我在贝宁经济首都科托努大市场购物时，多次遇到这样的情况：当我询问价格时，这些女商人给出的价格往往很诱人，但买到的货物一复秤，没有不缺斤少两的。她们正是摸准了客人贪图便宜的心理，在货物称重时做了手脚。正如当地许多人所说，约鲁巴女人从来不做亏本的买卖。

约鲁巴族男人务农、女人经商的传统，也使约鲁巴女人在家庭中的地位有别于其他部族女人在家庭中的地位。众所周知，一夫多妻制在非洲很多地区是一种普遍现象，丈夫是一家的中心，丈夫对妻子们有绝对的权威。但在约鲁巴人的家庭中，由于妻子经商，丈夫务农，丈夫的经济收入往往赶不上妻子的收入，穷丈夫阔妻子的家庭屡见不鲜。由此，又产生了一种有趣的现象：有钱的妻子往往成为丈夫讨好的对象，假如穷丈夫被迫向有钱的妻子借了钱，这个妻子就被称为"得宠的妻子"。在约鲁巴人的语言中便产生了一个名词——"宠妻"。

# 4. 神秘诡异的女巫

对于黑非洲的巫术，我在去非洲之前已有
所耳闻。尽管这样，我到西非的贝宁、多哥和尼日
利亚等国以后，看到当地人对巫术的迷信，对巫师，尤其是对女
巫师的敬畏和崇拜，还是很惊讶。

## （一）奇特的"放血疗法"

贝宁是原始宗教巫毒教的发源地，维达是贝宁南部沿海的一
个普通的小镇，可它却是巫毒教的"圣城"，在巫毒教信徒心中
的地位就如同穆斯林心中的麦加。

我刚到贝宁时，就听说维达有一个西非地区最著名的女巫
师，她不仅法力无边，而且会治百病。这个女巫师之所以特别令
人敬畏，是她给人治病的方法与其他巫师的方法有很大不同。她
给人治病时，先用小刀在病人的疼痛部位划一个小口，让血液流
出来；紧接着，她会用针刺自己的右大腿。当她的腿上流出血，
她便将自己的血与病人的血混合，然后将混合的血液涂到病人疼
痛的部位。最后，她拿出一只羚羊角，闭上眼睛，一边念念有
词，一边在自己的头顶上不停地挥舞羚羊角。

据许多病人讲，女巫师的咒语还没念完，他们的病就好了。

由于她的治病方法独特，疗效又很神奇，所以，连邻国多哥和尼日利亚的病人都常常慕名而来，求她治病。

### （二）"祭礼＋舞蹈疗法"

尼日利亚是非洲第一人口大国，该国南部和西南部为著名的约鲁巴人聚居地。约鲁巴族在非洲是一个很独特的部族，其人口已超过3500万。众所周知，在非洲黑人社会里，妇女的地位是非常低的，她们当中有些人至今还过着与世隔绝的生活。

但是，约鲁巴族的风俗习惯却截然相反，约鲁巴族的男人绝大部分在家务农，而约鲁巴族的女人则走街串巷做生意。

约鲁巴族的女人不但擅长做生意，还有不少人从事巫医这个职业。在很多国家的人眼里，巫医就是一群搞迷信活动、骗人钱财的人；但尼日利亚人并不把巫医当成异类，尤其是约鲁巴女巫医，人们对她们从来都是尊敬有加。约鲁巴人一旦生了病，特别是生了重病，总是先找巫医看病，由此可见他们对巫医的信任。

约鲁巴女巫医给人治病的方法，与上文提到的贝宁女巫医给人治病的方法完全不同。如果说贝宁女巫医用的是"放血疗法"，那么约鲁巴女巫医采用的则是"祭祀+舞蹈疗法"。

患病的人找约鲁巴女巫医看病，一般情况下都要带上一只金黄的大公鸡或一只大山羊作为祭祀的供品。如果患者家境贫寒，也可以用南瓜和木薯来代替。

祭祀活动开始了，女巫医首先用刀宰杀大公鸡或大山羊，并把流出的血盛在一个碗里，然后把血洒在祭祀现场以及患者和女巫医的身上。接着，女巫医的助手——两名鼓手开始击鼓，随着鼓声响起，女巫医一边口中念念有词，一边用刀剖开公鸡的胸腔，取出鸡心，并命患者吞下。患者吞下鸡心以后，现场的鼓声马上变得急促起来，随着急促的鼓点，女巫医要求病人和她一起跳舞。如果病人不能站立，则由家人搀扶着和女巫医一起跳。

假如患者最终能独自和女巫医一起疯狂跳舞，达到如痴如醉的地步，女巫医就认为患者已经痊愈。否则，女巫医会要求患者继续和她跳下去，直至患者瘫倒在地。

据当地人讲，约鲁巴女巫医可以在人间和灵性世界之间往返。她们可以召唤神灵，运用神力为人治病，给人带来幸福；同时，她们也可以召唤恶魔，给人带来灾祸。在当地人的眼里，约鲁巴女巫医简直是无所不能，是非常神秘诡异的人物。

# 5. 芒果树下的厨娘

椰子树和芒果树是非洲的代表性植物，在各种介绍非洲的书籍和画册中，它们都不会缺席。

芒果树主要分布在撒哈拉沙漠以南的萨赫勒地区和整个热带雨林地区。在那里，房前屋后，田间地头，道路两旁，芒果树随处可见。村庄的村头空场上，必定有几棵高大的芒果树挺立在那里。

村头空场上的芒果树大多是年代久远的老树，不仅树冠硕大无比，而且枝叶浓密茂盛。在这样的树荫下，太阳晒不到，雨也淋不着。村里的老人们喜欢在树下乘凉聊天，孩子们喜欢在树下追逐玩耍，主妇们则在树下生火做饭，芒果树下俨然成了庄户人家的厨房。

我第一次见到这些芒果树下的厨房，是在西非贝宁沿海地区的一个小村庄里。那天上午，大约9点多钟，当我们驱车来到这个村庄的村头空场上的时候，我看到这里的男人和女人几乎都没穿上衣。他们一边大大方方地和我们打着招呼，一边泰然自若地干着活儿。

我们看到，这里的厨娘们烧饭时，并没有固定的炉灶，而是临时从场边捡几块石头，垒成一个三角形，然后把锅架在上面。

她们所烧的柴火，也是从田野里刚捡来的枯树枝。由于枯树枝没有完全干透，所以刚燃烧时烟非常多。厨娘们都被烟熏得眼泪直淌。可是，她们谁也顾不上擦。她们不停地用扇子扇，用嘴巴吹，好不容易才把火生起来。

随着烟气的消散，火苗越烧越旺，锅中的水很快烧开了。厨娘们开始向锅中加入一种面粉，据同行的农业专家组的同志介绍，她们这是在做玉米糊。玉米糊是当地人的主食，每做一次，要供全家人吃一个星期。

面对熊熊的火苗和锅中升腾的蒸汽，厨娘们的脸上和身上挂满了汗珠。为防止玉米糊糊锅，厨娘们一边向锅中加玉米粉，一边用木勺子在锅中不停地搅拌，直至锅中生成均匀而浓稠的玉米糊。

玉米糊煮熟以后，厨娘们抱来一捆碧绿的玉米叶子。当我还在猜测这些玉米叶子有什么用途时，她们已经纷纷在各家的锅前坐定。她们每展开一片玉米叶子，便向这片叶子上倒一勺玉米糊，然后，就像中国人包粽子那样，用碧绿的玉米叶子将玉米糊包裹起来。最后，再把像粽子一样的一包包玉米糊整齐地码放在一个筐子中，一家人一个星期的主食就这样做好了。

农业专家组的同志们告诉我，凝固后的玉米糊颇像中国江南地区的水磨年糕。刚刚做好的玉米糊，如果蘸上一点番茄酱吃，味道还是不错的。不过，由于当地天气比较热，农村的家庭一般没有冰箱，在常温下保存的玉米糊，过不了三天就会发霉，长出红色的"毛"，并发出一阵阵淡淡的臭味，但当地人照吃不误。

# 6.　女佣泪

　　非洲国家年轻人的失业率一直很高，尤其是城市里的女性，很多人找不到工作。许多女孩子明明知道当女佣地位低下，会被人看不起，但迫于生计却不得不做女佣。

　　我在科特迪瓦经济首都阿比让工作时，租住的别墅位于该市使馆区的一个现代化小区内。这个小区的业主全都雇用女佣。保安、司机和女佣是这个小区业主的标配。我住进去的头几天，每天都有女孩子找上门来，软磨硬泡地要我雇用她们。每次我都要费好多口舌，才能把她们打发走。

　　阿比让的女佣，有一部分是被人贩子组织从邻国布基纳法索、马里以及贝宁绑架来的，但大部分是因为其父母亲听信谎言把她们廉价卖给了中介，中介再把她们卖给阿比让的人贩子组织。

　　一到阿比让，这些女孩子就被人贩子组织卖到那些达官贵人和富商巨贾家做女佣。据我们雇用的保安讲，我们租住的这个小区里就有好几户人家买过女佣。

　　这些女佣一天24小时为主人服务，从早到晚没有一点休息时间。每天天还未大亮，我就听到唰唰的扫地声，那是女佣们起来为主人打扫庭院了；庭院打扫好以后，她们得马上为主人准备早餐，早晨7点半，是主人一家吃早餐的时间。主人一家围坐在一起，一同享用女佣从清早就开始准备的早餐。然而，这一切都没有女佣的份儿，因为女佣是不能和主人一起吃饭的。

每天上午是女佣们洗衣服和打扫房间的时间。即使主人家有洗衣机，主人也不允许她们使用，主人全家的衣服都要她们用手搓洗；为主人打扫房间时，主人不允许她们用拖把擦地面，而要求她们跪在地上，用抹布一遍遍地擦。

每天下午，女佣们除了为主人一家准备晚餐外，最主要的工作是熨烫衣服，主人全家的衣服不但要天天洗，而且要天天熨烫。听一些女佣说，因为主人家人多，有时候熨烫衣服要到夜里一两点钟。

每天晚上，等到主人全家都休息了，女佣们还要把客厅和厨房收拾干净才能去休息。

这里的女佣，不仅吃苦耐劳，而且温顺听话，她们从不敢与主人顶嘴。她们整天忙里忙外，特别辛苦，但从不敢有怨言。女佣们说话的声音轻，遇到人总是恭恭敬敬地行屈膝礼。

# 7. 非洲"维纳斯"

初次踏上黑非洲大陆的人，除了对黑人脸上那些奇形怪状的疤痕感到惊异外，还会对当地女人那种肥臀高耸的非洲"维纳斯体型"感到惊异。

提起维纳斯体型，我相信绝大多数人肯定会想到那尊世界著名的断臂维纳斯雕像所呈现的优美体型，而绝不会想到非洲女性那种细腰翘臀的体型竟然也被称为维纳斯体型。我在非洲第一次听到当地人将这种体型称为维纳斯体型时，还以为他们在开玩笑，后来才得知在这美丽名称的背后竟然还有一个凄惨的故事。

故事的主人公名叫萨蒂吉·巴特曼，出生于1789年，是南非开普敦奎纳部族的土著人。她的腰很细，臀部肥厚硕大，并且向上翘起，这是当地女子中身材比较极端的一种体型。20岁以前，巴特曼一直在一个荷兰农民的农场中做工。1810年，农场主的哥哥和一个名叫威廉·邓洛普的英国白人医生来到了这个农场。两人一见到体型如此特殊的巴特曼，立即意识到，发财的机会来了。他们引诱巴特曼跟他们走，说她什么也不用干，只要向人们展示她的身材，就可以赚到很多钱。

单纯的巴特曼同意了，跟着这两个黑心的欧洲人来到了伦敦。可是，一到伦敦，两个人立即翻脸，随即就把巴特曼卖给了一个马戏团。马戏团的班主一见到巴特曼，就知道自己获得了一个"宝贝"。他忙不迭地到处张贴"展览活人"的广告，为招徕观众，他还特意给巴特曼取了一个艺名——霍屯督维纳斯（俗称非洲维纳斯）。每次演出时，巴特曼都被赤条条地放在一个展台上，驯兽师就像训服动物一样，强迫她做出各种动作供人观赏。巴特曼硕大的翘臀和下垂裸露的生殖器官立即吸引了大量的观众，人们从英国各地赶来观看这个"怪物"，马戏团的班主乘机售票赚钱。

巴特曼被赤裸裸地在伦敦展览了4年。因为观众越来越少，马戏团的班主就把巴特曼转卖给了巴黎的一个流动马戏团。于是，巴特曼在法国被继续裸身展览。终于，法国的看客也越来越少，法国人对巴特曼也丧失了兴趣。马戏团班主觉得从巴特曼身上已榨不出什么油水，于是一脚把她踹出门外。

巴特曼在巴黎无以为生，最后沦落为街头妓女。1816年，年纪轻轻的巴特曼因为染上梅毒惨死在巴黎。

令人意想不到的是，巴特曼的厄运并没有因为她的死亡而结束。拿破仑的医务主任乔治·库维尔打着医学研究的幌子，无耻地解剖了巴特曼的尸体，将她的大脑和生殖器分别装在两个玻璃药瓶中，然后把她的遗体制成标本，送到巴黎人类博物馆公开展览，这个展览一直持续了100多年，直到20世纪80年代才中止。

值得庆幸的是，赢得独立的南非人民并没有忘记巴特曼，20世纪90年代，南非人民发起了要求归还巴特曼遗体的运动，他们要让已经逝去的巴特曼恢复人的尊严。经过长达7年的努力，2002年，法国政府终于同意将巴特曼的遗体交还给南非政府。

同年8月，巴特曼的葬礼在她的家乡东开普敦举行，巴特曼终于回到了祖国的怀抱。巴特曼的悲惨命运和屈辱遭遇是人类历史上黑暗和丑恶的一页，随着人类文明的进步，历史终于翻过了这沉重的一页。

# 篇四
# 古风犹存

时光流逝，

岁月匆匆，

亘古不变的是

纯朴的民风。

# 1. "乌姆冈达"今犹在

## （一）"乌姆冈达"传统

非洲农村地区虽然贫穷落后，但是村民之间互帮互助，民风淳朴。

卢旺达位于非洲的心脏地带，是一个内陆小国，曾是联合国公布的最不发达国家之一。

卢旺达人的居住环境及其简朴的生活，培育了他们助人为乐的性格。到过卢旺达的人都知道，卢旺达人最引以为骄傲的是他们的"乌姆冈达"传统。"乌姆冈达"在卢旺达语中是"乡村邻里互助"的意思。

长期以来，卢旺达人很好地继承和发扬了这一优良传统，邻里之间，一家有难，大家都来帮助。

如果谁家要建造房屋，或者儿女嫁娶，或者筹办丧事，居住在同一个村子里的和附近村子里的人都会主动前来帮忙。他们自愿出钱、出物或出力，一起齐心合力把事情办好。

最令人感动的是，前来帮忙的人，他们本身也并不富裕，但他们往往会倾其所有来帮助邻居，并且不要任何报酬，只要主人家拿出几坛香蕉酒招待即可。大家围坐在一起，开怀畅饮，倾心交谈，既可以消除疲劳，又可以增进相互间的友情和团结。

现在，这种邻里互助的"乌姆冈达"传统已经得到了卢旺达

151

政府的大力提倡。

"乌姆冈达"传统不仅在农村蔚然成风，而且在城市也逐渐得到发扬。现在，城市里如果某个人遇到困难，其他人得知后也会主动给予力所能及的帮助，如果被帮助者主动提出给予报酬，助人者往往会婉言谢绝。"乌姆冈达"的传统正在变成全体卢旺达人的行为准则。

## （二）互帮互助精神

贝宁是西非地区的一个小国，资源贫乏，也是联合国公布的最不发达国家之一。

我在贝宁工作、生活多年，曾目睹贝宁农村广大农民的贫困生活，他们一天只吃两顿饭，有的穷苦人家甚至一天只吃一顿饭。即使在如此贫困的情况下，如果有人去别人家时赶上这家人正在吃饭，哪怕他与这家的主人素昧平生，主人也会毫不迟疑地和他分享那仅有的一点儿食物。

平日里，邻里之间互相帮忙的事例非常多，比如有人家要建房，工程比较大，需要人手，左邻右舍会不遗余力地前来帮忙，而且不要任何报酬。通过这种互助活动，村民之间的凝聚力进一步加强了，邻里之间也更加团结了。

尤其是如果村中有人去世，村里人得知后都会赶到死者家中帮助料理丧事，并且向死者家属送钱、送食物。

由于非洲人十分重视葬礼，葬礼的仪式非常烦琐，持续的时间也很长。所以，如果没有邻居们的帮忙，一家人是无法完成葬礼的。

# 2. "王母娘娘"

撒哈拉沙漠以南的非洲国家在20世纪60年代以后相继独立，其中大多数国家在独立后保留了酋长制，所谓的"国中国"现象并不鲜见。

同样，西非的加纳在1960年独立以后，传统的阿散蒂王国并没有被废除，而且成了特殊的"国中国"。

阿散蒂王国之所以特殊，是因为它有一个与世界上任何其他王国都不同的地方，那就是在国王之下设有一个大权在握的王母，加纳人称其为"王母娘娘"。

值得注意的是，这个"王母娘娘"并不是国王的亲生母亲，而是根据能力和威望，从亲近王室的女性成员中遴选出来的。

"王母娘娘"并不是一个礼仪性的头衔，而是一个握有实权的重要职位。"王母娘娘"实际上是国王的首席顾问，其主要职责包括：参加宫廷议事、在国王离开首都的时候代替国王处理政务。

但"王母娘娘"最重要的职责是监督国王的执政情况，并向其提出忠告和建议，甚至批评和指责，这是"王母娘娘"的"特权"。

如果"王母娘娘"认为国王无能或失职，可以向长老们提出废黜国王的建议。

每当王位空缺时，"王母娘娘"会向各部族长老征求意见，请长老们提出若干名国王候选人，"王母娘娘"再从中挑选出1至3个候选人，交资深大酋长讨论和商定。

已确定的国王需要由"王母娘娘"安排接受6周的培训，学习国家的历史沿革、国王的权利和义务、治理国家的方略等。只有完成了这些程序，新的国王才能登基。

正是由于"王母娘娘"拥有这些特权，所以加纳人均视"王母娘娘"为国王象征意义上的母亲，并把她与"地神"联系起来，都很尊敬她。

# 3. 会讲故事的老祖母

## ——"格兰格尼"

　　因为缺乏文字，非洲的文化在传播和继承的方式上均以口传和口述为主，是一种典型的口传形态的文化。

　　长期以来，非洲人民在传播传统文化方面，不仅涌现了数不胜数的口头传说，还造就了一大批传统文化的传播者和实践者。其中，最著名的当数西非地区的游吟诗人"格里奥"和南部非洲的会讲故事的老祖母"格兰格尼"。

　　格里奥和格兰格尼虽然都是非洲传统文化的传播者和实践者，但是两者是有区别的，格里奥是说唱艺人，而格兰格尼是历史故事的讲述者。

　　格兰格尼在聪加语中就是讲历史故事的人。聪加人没有文字，所以他们部族中发生的重大事件都是以口口相传这种方式一代一代流传下来的。

　　为了保证重大历史事件的真实性和可靠性，他们对讲述人——"格兰格尼"的挑选是非常认真和严格的。

　　在聪加人的传统中，年长的妇女非常受人尊敬，他们认为，年长的妇女不仅经历的事情多，而且处理问题客观公正，因此他们都非常相信年长妇女，认为她们讲述的事情真实可信。所以，我们在聪加部族见到的格兰格尼都是老祖母。这些老祖母不仅是部族传统和历史故事的讲述者，同时也是部族精神的传承者，是她们为人们提供了精神食粮。

为保证所讲述的历史故事或重大事件真实可靠，每个格兰格尼在开始讲故事之前都要自报家门，例如"我是讲述者某某""我是讲述者某某的女儿"。

格兰格尼自我介绍以后，大家会一起高呼"格兰格尼"，以表示对讲述者的信任。讲述者每讲完一个故事，众人会再一次高声呼喊她们的名字，用这种方式向她们表示敬意，同时也表示完全相信她们所讲述的故事。

格兰格尼讲述的内容非常丰富，既有历史故事和传说，也有各种知识和技艺。通过她们的讲述，人们能够充分了解当地人民的历史传承、风俗习惯和社会生活。

正是由于格兰格尼的口口相传，南部非洲缺少文字记载的历史文化才得以保留下来。这些会讲故事的老祖母是当之无愧的历史文化的保存者和传播者。

# 4. "舌人"

　　中国古代称呼那些"能达异方之志者"为"舌人"，也就是现在人们所说的"翻译"。无巧不成书，在西非加纳的阿散蒂王国也有"舌人"，但这里的"舌人"并不是翻译。

　　初到加纳，看到人们介绍"舌人"时的崇敬态度，我以为"舌人"是巫师，因为当地人普遍对巫师怀有敬畏之心。

　　后来，我通过深入了解才知道，"舌人"是指专门负责转述国王口谕的人。普通人对这种人抱有敬畏之心，丝毫不足为奇。

　　阿散蒂王国为何要设立"舌人"这一职位呢？原来，阿散蒂人认为，国王代表天神和祖先，是不能大声地直接与普通人讲话的。国王要讲话，只能把自己想说的话，低声告诉身边的"舌人"，再由"舌人"原原本本地告诉公众。

　　在阿散蒂人的心目中，"舌人"的地位是很高的：首先，他们必须深得国王信任；其次，他们必须具有良好的素质，才能担当此重任。

　　据当地一个曾在中国学习的留学生介绍，"舌人"这个职位是19世纪初，一个部族的大酋长为了抬高身份、震慑普通老百姓而设立的。

　　当时的"舌人"都是大酋长从特定的家族中挑选的，而且是世袭的。

但是，随着时代的变迁，后来的阿散蒂王国的国王逐步改变了遴选"舌人"的制度。他们不再根据部族或家族的背景来挑选"舌人"，而是根据所挑选对象对自己意图的领悟程度、口头表达能力和实际办事水平来挑选。

现在，"舌人"的职能也有很大变化，他们已不仅仅是国王的"传声筒"，还是国王处理日常事务的秘书和"代言人"。他们不仅负责向民众传达国王的旨意，还要代替国王接受民众的质询。

不过，加纳在1960年获得独立后，虽然没有废除传统的阿散蒂王国，国王也被保留了下来，但这个王国已经不是国家政体，国王也就没有了政治实权。

在国家政治生活中，国王也只是在各级政府和部族之间起协调作用，影响越来越小。然而，由于阿散蒂王国存在，国王设立"舌人"的传统也就被象征性地保留了下来。

# 5. "两个舌头的人"

　　在尼日尔和贝宁等西非国家中，当人们指责一个人说谎时，常说此人有两个舌头；而称赞一个人诚实可信时，则说此人只有一个舌头。由此，这里衍生出"一个舌头文化"和"两个舌头文化"。

　　在西非人的交谈中，也经常能听到他们谈论"一个舌头的人"与"两个舌头的人"。

　　所谓"一个舌头"的口传文化，是指那些由只有一个舌头的人负责保存和讲述的口头传说。在西非人的心目中，部落中的祭司、巫师、村社长老、秘密社盟的主持、成人仪式上的操刀人、受人尊敬的铁匠等等，都是有一定社会地位的人。

　　他们的话诚实可信，由他们讲述的创世神话和祖先业绩一定是真实的，因为说谎者是不能当祭司和主持的，更不能做传授人或操刀手。

　　在非洲发展的进程中，非洲的口传文化逐渐造就了这样一个特殊的群体。随着社会的发展，这个群体内部逐渐有了专业的分工，有些人专门负责保存和传授，有些人专门负责讲述，这些人是非洲大陆活的记忆、活的百科全书。

　　为了保证传授人的言词准确无误，讲授前他们要向传授始祖和先人的英灵起誓，还有专人负责监督。如果传授人讲述时，内

容有讹错或遗漏，监督人会马上提醒他。

正是有了这样一套完整的口传体系，人们对由这样一个特殊的群体传授的内容才深信无疑。这样的口头文学通常被称为"一个舌头"的口头文学。

但是，在口传文化中，还有另一类传授人，他们是口传文化的主力军，这就是活跃在西非民间的游吟诗人——格里奥。

格里奥是说唱艺人、故事的讲述人和民间演唱者，精通乐理和韵律。格里奥一般是世袭的，有时候也带学徒。虽是家传，却没有现存的书本作依据，完全靠背诵记忆。因此，格里奥必须博闻强记，各个部族的历史和王室的兴衰、各种神话故事和笑话都必须牢记在心中。

对于格里奥讲述的故事或传奇，人们不要求完全真实。人们允许格里奥自由发挥和杜撰。在没有戏院和电影院等娱乐场所的年代，格里奥的讲述和演唱是人们文化生活的重要内容，人们欢迎格里奥赋予老故事新的生命和活力，也允许格里奥有"两个舌头"。

# 6. 蒙尼玛布

## ——刚果的"济公"

"刚果人"在刚果语中意为"猎人"。刚果族
是一个庞大的跨界族群，总人口有1000多万，主要
分布在刚果（金）、刚果（布）和安哥拉三个国家。刚果族拥有
悠久的历史和灿烂的文化。

刚果文化丰富多彩，尤其是民间口头文学，传说、故事、寓
言、谚语等在刚果人的日常生活中占据着重要地位。

很多刚果人继承了前人的口头文学传统，他们酷爱并且擅长
讲故事。我在与刚果朋友的交谈中，发现他们好像个个都是讲故
事的高手。和他们交谈时，他们往往会引经据典，以讲故事的形
式将自己的观点表达出来。

我接触过非洲许多族群的人，像刚果人这样讲起话来就像演
讲的族群并不多见。据刚果朋友介绍，刚果人的每个家族的长者
都负有向本族子孙讲述本家族历史、祖训以及民间故事的责任。
如此代代相传，刚果人不仅熟悉了本家族的历史，记住了许多民
间故事，而且练就了很好的口才，讲起故事来口若悬河，滔滔
不绝。

由于刚果人喜欢听故事，也喜欢讲故事，刚果的民间口头文

学中涌现出许多优秀的民间故事，其中最著名的就是围绕"蒙尼玛布"这个人物创作出来的许多民间故事。

刚到刚果（布）的时候，我就常常听当地人提起"蒙尼玛布"这个名字。例如，当一个人乐善好施，做了一件好事的时候，人们说他简直就像"蒙尼玛布"。

但当某个青年人做了一桩傻事的时候，人们也说他像"蒙尼玛布"。这"蒙尼玛布"到底是好人还是坏人？搞得我一头雾水。

有一天，我和房东闲聊的时候，特意向他提出了这个问题。

房东告诉我，"蒙尼玛布"是刚果民间故事中最受人们欢迎的一个人物，他既不是英雄也不是败类，只是一个普通人。

他有人类永恒的情感，也有人类普遍的弱点。他乐善好施，但偶尔也会犯错，好心办坏事，闹出许多笑话。

后来，我在刚果待的时候长了，对"蒙尼玛布"的了解也越来越多。

"蒙尼玛布"其实是刚果的民间故事高手们虚构出来的一个人物。我总觉得，他特别像中国民间故事中的济公。他的经历像济公那样丰富多彩，他的故事也像济公的故事那样饶有趣味，能引人开怀大笑，他的形象让人们觉得非常亲切，他就像生活在我们周围的芸芸众生的一员，所以人们特别喜欢他。

# 7. 躲在草丛里做生意

　　加纳位于非洲西部，因为盛产黄金，所以在获得独立前曾被称为"黄金海岸"。

　　加纳人朴实憨厚，为人厚道，待人诚恳。加纳人已经有数千年的淘金史，所以历史上进行交易的媒介都是黄金，而且交易的方式也十分独特。

　　加纳的朋友告诉我，在欧洲殖民者入侵之前，他们的祖先用黄金购买货物时，买卖双方是不见面的。

　　通常情况下，凡是准备出售货物的卖家都会集中到"贸易一条路"，这"贸易一条路"的两侧须有草丛或树丛可以藏身。

　　卖家将准备出售的货物放置在路边以后，便转身躲进路边的草丛中或树丛中，等待买主前来选购。

　　买主如果看中某件货物想要购买，便将一定数量的金砂放在这件货物的旁边，然后也躲进草丛中或树丛中，等待卖家的反应。

　　卖家等买主躲进草丛中或树丛中后，便马上出来查看买主放下的金砂是否与货物等值，如果嫌少，他会退回到路边的草丛中或树丛中，等待买主增加金砂。

　　买主见卖家退回路边的草丛中或树丛中以后，也会马上出来查看卖家是否取走了金砂，如果卖家未取走金砂，说明卖家嫌

少，买主会增加一些金砂，并再次返回路边的草丛中或树丛中等待卖家的反应。

买卖双方用这种方法进行讨价还价，直到双方都满意为止。

当卖家感到满意时，便会收取金砂；卖家一旦取走金砂，买主马上就可以取走货物。

买卖双方在这样的传统交易中连个照面都不用打，连一句话也不用说。

据加纳的朋友讲，这种交易方式省去了许多口舌，也减少了争执，他们对这种交易方式还挺留恋的。

# 8. 非洲的"象形文字"

众所周知，撒哈拉沙漠以南非洲的各个部族，除埃塞俄比亚的阿姆哈拉族拥有自己本民族的文字外，其余部族都没有自己的文字。

但是，有一个部族的人民却用他们的聪明才智创造出了被世人称为"非洲象形文字"的阿丁克拉符号。

人们之所以将阿丁克拉符号称作"非洲象形文字"，是因为每个阿丁克拉符号都有不同的发音和象征意义。

例如，木梳子符号代表的是爱美、谨慎和耐心；两只连体鳄鱼的符号代表的是民主；鸡腿符号代表的是舐犊情深；知识结符号代表"知识、终身教育以及对知识的不断追求"；瓦片符号代表"文物、珍品和传家宝等"；桑科法鸟符号代表"智慧、知识和遗产等"……

现在，非洲广泛流传的阿丁克拉符号共有60多个。关于阿丁克拉符号的起源，现在有多种说法。

但是，根据阿坎人的口头传说，阿丁克拉符号始于1818年末发生的阿散蒂—基亚曼战争，交战的双方是阿丁克拉国王领导的阿坎部族和阿散蒂国王领导的阿散蒂部族。战争的结果是阿丁克拉国王领导的阿坎部族战败，阿丁克拉国王身上的披风也成了阿散蒂王的战利品。

令人意外的是，这不是一件普通的披风，因为这件披风上有不少特殊符号。由于这件披风是阿丁克拉国王的，所以人们便将这些特殊符号命名为阿丁克拉符号。

最初，人们以为这些阿丁克拉符号只是起装饰作用，但后来经过研究才发现这些阿丁克拉符号不单单是为了装饰，而是具有象征意义的，并且寓意深刻。这些符号概括了阿坎人各个方面的传统智慧，其中有关于日常生活的，也有关于生存环境的，内容非常丰富。

从此以后，加纳人在纺织品和陶器中开始广泛使用阿丁克拉符号，甚至连文身的图案也常常采用这些符号。在现代日常生活中，阿丁克拉符号也得到了更加广泛的应用。人们不仅在机构标志和媒体广告中广泛应用这些符号，而且在房屋装潢和各种家具上也都运用了阿丁克拉符号。在服饰和首饰设计中，阿丁克拉符号更是设计师们的首选。

在非洲没有文字的时代，阿丁克拉符号是传递人类社会实践经验和信仰的一种载体。它既是一种文化符号，也是非洲口传文化的重要组成部分。

阿丁克拉符号的影响早已经越过了加纳国境，流传到非洲许多国家，并且深刻影响了非洲人民的思维模式和日常习俗，所以有人称它是非洲的象形文字。

# 9. 至高无上的金板凳

　　加纳第二大城市库马西的王宫内，至今仍然珍藏着一个金板凳。这个用黄金制成的凳子长24英寸，宽和高均为18英寸，据说是上帝赐给阿散蒂国王的，是至高无上的王权象征。

　　从第一个阿散蒂王奥塞·图图一世开始，每个新国王登基时，都要先将这个金板凳置于高处，国王从其下方通过；再将金板凳置于低处，国王从其上方跨过，而且不能碰到它。完成了这个程序，就意味着新国王已经坐上了象征阿散蒂王位的金板凳。

　　第一个阿散蒂王奥塞·图图一世曾指着金板凳对他的臣民说："这个金板凳就是你们的命根子，若是它被人夺走或遭到毁坏，灾难就会降临到你们的头上，你们一定要好好保护它，保护好金板凳是你们义不容辞的责任。"所以，阿散蒂王国的全体国民一直都将这个金板凳视为命根子。

　　1897年，加纳全境沦为英国的殖民地。英国殖民当局威逼阿散蒂国王普利姆佩一世交出象征王权的金板凳，遭到强硬拒绝，殖民当局便将其流放到塞舌尔岛。

　　阿散蒂国王被流放后，英国殖民当局还不死心，继续威胁阿散蒂王国的二号人物——王母雅阿·阿散蒂娃，要她交出金板凳。

　　阿散蒂娃原来并不是阿散蒂王国的王母，而是阿散蒂王国管辖下的埃德索酋长国的王母。当英国殖民当局将阿散蒂国王及其辖下的大酋长都流放后，阿散蒂娃才成了代理大酋长。阿散蒂娃1840年出生于埃德维索邦，是名门之后，50多岁当选王母。阿散蒂娃为人正直，性格刚毅，深得民众的拥戴。

1900年3月，英国殖民当局在对阿散蒂娃威胁无果的情况下，恼羞成怒，从西非其他殖民地调集了大量军队对阿散蒂王国进行征讨。阿散蒂娃临危不惧，挺身而出，率领一支5000多人的部队抗击英国殖民军，经过9个多月的英勇战斗，终因力量悬殊，兵败被俘。

英国殖民当局用尽各种办法威胁利诱，想让阿散蒂娃交出金板凳，但阿散蒂娃拒不交代金板凳的下落。英国殖民当局无计可施，只好将阿散蒂娃也流放到塞舌尔岛。

90岁时，阿散蒂娃客死他乡。

阿散蒂娃领导的抗英斗争虽然失败了，但她却被加纳甚至整个黑非洲誉为反抗英国殖民统治的女英雄。

1957年，经过长期的英勇斗争，加纳终于获得了独立。阿散蒂娃用生命保护下来的金板凳也重见天日。

# 10. 苦身修行的隐修士

基督教于公元4世纪传入埃塞俄比亚。传入埃塞俄比亚的基督教教派属于科普特派，在埃塞俄比亚被称为东正教。

东正教在埃塞俄比亚人民的生活中占有很重要的地位，埃塞俄比亚各地都建有东正教教堂，教士、执事和修女在埃塞俄比亚随处可见。

在众多修士中，有一类修士以苦身修行为宗旨，他们遁世独居于山林旷野，所以被称为隐修士。

隐修士与印度的苦行僧非常相似，他们严守终身不结婚、不性交、不近女色的戒律。

隐修士把物质生活降到最低极限，饮食简单，衣服粗朴，严格斋戒，只要能维持生存就行。

隐修士每天都要祈祷7次，潜心默念，冥思修行，剩下的时间就是劳作。

隐修士认为，以节欲为基础的修行方式，可以达到与圣灵神交的境界。

埃塞俄比亚的许多教堂和修道院都建在荒山之中的悬崖峭壁上或湖中心的荒岛上。在这些教堂和修道院里，我们可以见到许多神职人员在潜心读圣书，他们对来客连眼皮都不会抬一下。

在这些场所潜心修行的僧侣一个个瘦骨嶙峋、身材佝偻、面色黑黄，这都是长期苦行修炼的结果。

# 11. "光棍之家"

非洲人喜欢多生孩子与他们的生存环境有着密切的关系。首先，非洲生产力水平低下，每个劳动力的剩余劳动不多，这就要求他们多生孩子；其次，由于缺乏必要的医疗保健，婴儿死亡率很高，这也要求他们多生孩子。

为保证女人多生孩子，非洲人非常重视妇女怀孕期间的安全，许多部族还因此形成了各种妇女怀孕期的特殊习俗。例如，埃塞俄比亚的罕马尔部族就有一种与众不同的孕期习俗。

罕马尔族分布在东非大裂谷的南部，由于交通不便，无意中保留了一个自然和谐的原生态区域。

罕马尔族的女人一旦怀孕，其家人会马上采取措施，以保证其妊娠平安和顺利分娩。其中最主要的措施就是禁止妇女怀孕期间有性行为。为防止丈夫在妻子怀孕期间控制不住自己，罕马尔人的每个村落都建有一个"光棍之家"，供所有孕妇的丈夫居住。

"光棍之家"的门前都放置有光滑的青条石，这是"光棍之家"的特殊标志。凡是门前放置青条石的屋子，所有妇女禁止入内。

村落里的女人怀孕后，她们的丈夫必须住进"光棍之家"，而且要在这里住两年时间。也就是说，要等到妻子生下孩子一年以后，丈夫才能回家与妻子团圆。

"光棍之家"除供孕妇的丈夫居住外，村落里12岁以上的男孩子也必须入住，直到他们结婚成家。

　　建立"光棍之家"的风俗，其实源于历史上的传统。当初建立"光棍之家"是供村落里的男人集中居住的。男人集中居住的好处是，当遭到外来袭击的时候，可以迅速集中村落里的男人们进行抵抗。

　　这种男人集中居住的传统习俗，后来竟然演变成了妇女怀孕期间禁止丈夫回家的特殊习俗。这种原先供男人集中居住的房子，也逐渐成了因妻子怀孕而被"逐出"家门的男人的栖身场所。

# 12. 生命的律动

2018年的冬天，北京市10多位老人组成的夕阳红旅行团到非洲旅游。当他们到达贝宁的经济首都科托努时，我与他们正好住在同一家华人开办的宾馆内。

老人们向旅行团的领队提出要观看一场非洲歌舞表演，当地导游经过精心准备，终于在老人们离开的前一天，在宾馆前的广场上，为他们安排了一场精彩的非洲歌舞表演。

前来表演的是贝宁著名的乡村乐队。下午3点左右，广场内突然鼓声大作，在激越高昂的达姆达姆鼓的鼓声中，一群非洲少女扭着胯、跺着脚，边歌边舞进场。

她们几乎赤身裸体，她们的胸部和臀部时而上下抖动，时而左右摆动，动作之大，令人不可思议。

开场歌舞结束后，是表现劳动人民庆祝丰收的歌舞。男女演员均身着色彩艳丽的服装，双手紧握两根象征着劳动工具的木杖，再现了西非人民播种、锄草和收割的忙碌场景。

非洲气候炎热，干旱少雨，缺水问题一直是困扰非洲人民的一大难题。因此，表现求雨的歌舞一直是非洲歌舞中的保留节目。在这场歌舞表演中同样也有求雨歌舞，与前面欢快热烈的舞蹈完全不同，求雨舞是一种仪式性舞蹈，所有演员都手持棕榈叶，并戴着特定的面具唱歌跳舞，祈求神灵降雨，场上的气氛显得肃穆而神秘。

整场歌舞表演的重头戏是丰族人庆祝酋长登基的舞蹈。

丰族是一个跨国和分布很广的部族，主要分布在贝宁、多哥等国。酋长登基是丰族人政治生活中的大事，所以庆祝酋长登基的舞蹈是最隆重的。酋长的扮演者由8个男演员抬着，在高亢的鼓声和嘹亮的歌声中出场，场面显得庄严而神圣，接着男女演员分成几批轮流上场，以优美的舞姿和刚劲的动作，向酋长表达爱戴之情。

整场歌舞表演持续了1个多小时。演出结束后，很多老人都说，这次来非洲旅游，印象最深的就是非洲的歌舞，它和我们中国的音乐舞蹈有很大的区别，非洲的音乐舞蹈是一种原始的冲动，充满了活力，表现了人类生命的律动。

# 13. 孩子要生在地里

生育既是两性结合的结果，又直接影响种族的繁衍。在这方面，非洲黑人有一套独特的观念和习俗。

非洲黑人的生育观念首先与他们的生存环境和生产力发展水平有关。例如，西非内陆国家布基纳法索由于交通不便，与外界交往很少，加上90%以上的人口居住在农村，以农牧业为生，所以这里的人总是将人的生育与土地联系在一起，他们相信人的生育能让土地丰收。因此，布基纳法索的很多地方，孕妇在临产前一定要赶到自家的田地里去分娩。有的孕妇眼看就要生了，也要忍着剧痛急匆匆地往自家地里赶，坚持要把孩子生在自家田地里。

据说，有的孕妇因为对分娩的时间估计不准，早早地赶到了自家地里，但孩子迟迟生不下来，有时会在地里待上好几天。

埃塞俄比亚也是一个内陆国家，地处东非高原，素有"非洲屋脊"之称。

埃塞俄比亚人由于受传统宗教观念影响，直到今天一些族群仍然认为女人生孩子是不洁的事情。所以，孕妇在分娩前必须离开家，到野外的丛林里去分娩，家人不闻不问。

如果孕妇来不及赶到丛林里去分娩，而把孩子生在家里，这在当地被认为是十分不吉利的事情。

对于这种不顾孕妇生命安全的有害习俗，埃塞俄比亚政府正在采取措施纠正。

但是，由于当地人民的传统宗教观念根深蒂固，要消除这种陋习，还需一些时日。

布基纳法索人和埃塞俄比亚人在女人分娩这件事情上，虽然有着相同的习俗，都要求女人把孩子生在地里，但他们的目的是完全不同的。

在布基纳法索的一些地方，要女人把孩子生在自家的地里，为的是祈求自家土地的丰收；而在埃塞俄比亚的一些地方，要女人把孩子生在丛林地里，则是为了避免在自己家里发生灾祸。

# 14. 通灵的画家

对于诡异的非洲巫术和装神弄鬼的非洲巫师，大家或多或少都了解一点，但对于与巫师齐名的非洲画家，人们可能就不了解了。

在非洲黑人的眼里，画家与巫师一样，都是那种能在神与人之间充当媒介的人，也就是能够通灵的人，画家能够用他们的作品将神的旨意传达给人。在这种情况下，人们也相信画家和超自然的存在之间有着某种特殊的关系，而画家在一定程度上也拥有超自然的能力。

因此，非洲现存的许多岩壁画都与原始宗教或巫术有关。例如，在非洲的岩壁画中经常能够看到犀牛的形象，这是因为在非洲原始宗教中，犀牛是谋杀月亮的刽子手。在岩壁画中，画家们将犀牛描绘成面向西方、代表夜晚和黑暗的精灵，这类岩壁画通常都具有原始宗教的象征意义。

在非洲岩壁画中，还有一个非常奇怪的现象，即所有人物的面部都没有画出来，只画了一个圆圆的头型。

难道是画家们不会画鼻子、眼睛和嘴巴吗？当然不是。那么，画家们为什么不画出人物的脸部呢？这是因为当时的画家都认为自己是通灵的，他们宣称如果画出一个人的脸部，巫师就可以对其脸部实施巫术，进而控制这个人。

由此可见，巫术对那个时代画家的影响是巨大的。所以，在非洲传统社会，画家和巫师似乎没有严格的界限。

即使在今天，非洲仍然有一些未开化的部族，例如东非的马萨伊人和西非农村中的豪萨人仍然不让人给他们拍照，因为害怕拍照者会对照片中的他们施巫术。从这个例子我们可以看到，画家在某些社会中能起到意想不到的作用。

# 15. 神偶

## ——巫术与艺术的"混血儿"

　　黑木雕是非洲最著名的工艺品，黑人在家里摆放这些木雕是再正常不过的事情，但我在刚果（布）黑角市一个牙医的诊室里却看到了很神秘的一幕。

　　那是我第一次到牙医诊室去，一进诊室，我就发现诊室的一个角落里放着一个木质三脚架，架子上陈列着一个我在非洲工艺品商店里从未见过的木雕像。

　　木雕像是一个男性的全身雕像，大约有三四十厘米高。其五短身材和硕大的头颅已经显得比较夸张，但更为奇怪的是，雕像前胸开了一个四方形的孔，这个孔几乎占据了雕像的整个胸部和腹部。

　　正在我仔细打量这尊雕像的时候，又进来一个白人患者。他也发现了这尊奇怪的雕像，并准备走上前来观看，哪知牙医的助手很严肃地阻止他靠近这尊雕像。

　　雕像本身已经很奇特，再加上不让外人靠近，这越发使我感到好奇。当天晚上，我便找到住处的看门人，向他讲述了白天在牙医诊室看到的一切。

　　听完我的讲述，热心的看门人先从雕像本身讲起。他说，这不是一般的工艺品雕像，而是刚果人供奉的神偶，它是由巫师亲手制作的。

这种神偶具有无比的神力，可以治病救人，也可以使人生病；它可以制服邪恶力量，惩治恶人；它还可以解决纠纷，化解矛盾。许多人供奉神偶，主要是求它保佑主人在打猎、经商和出行时一切顺利和平安。

至于为什么不让外人靠近神偶，看门人解释说，神偶是巫师专门为一个人或一家人制作的。它的作用既可以是建设性的，也可以是破坏性的，就看它的主人如何使用。主人与神偶之间一定要建立起一种紧密的和排他的关系，这样神偶才会专心为主人服务。由于这种关系是秘密的，所以主人会禁止外人接近他的神偶。

看门人的话解开了我心中的疑团，原来，这不是一般的木雕，它是巫术和艺术的"混血儿"，它是巫师与雕刻家共同完成的作品。

神偶，你胸前的孔洞中到底隐藏着多少秘密，又承载了多少主人的希望与企盼？

# 16. 跳舞治病

布须曼人，又叫桑人，意思是丛林中的人。

布须曼人拥有人类最古老的基因图谱，所以又被称为人类的活祖先。

布须曼人性格平和，不好争斗，他们部族之间向来没有纷争，他们没有所属物和私有财产等概念。

布须曼人与非洲其他部族的人一样，也非常喜欢跳舞。但他们对舞蹈的作用有其独特的见解。他们认为跳舞不仅仅是为了娱乐，还可以净化灵魂、治愈疾病。布须曼人有句谚语："食物喂养身体，舞蹈滋润灵魂。"

布须曼人生病不找医生，而是找部族里的领舞，通过跳舞进行治疗。

跳舞治疗一般都安排在晚上，每当夜幕降临的时候，部族里所有人，包括生病的人，都会围坐在篝火边。这时候，领舞会先询问患者的病情，然后再决定跳什么舞，所以布须曼人又把领舞称作"医生"。

布须曼人相信，舞蹈是一种与另一个世界进行沟通的方式，在舞蹈中，人们可以接收到灵魂世界赋予的治愈疾病的神奇能力。

当空地上的篝火升腾起来的时候，女人们围着篝火席地而坐，击掌唱歌，男人们则围绕着女人跳舞。

如果患者腿脚有毛病，领舞便带领病人和大家一起模仿非洲大羚羊的动作。因为大羚羊跑得快，这种羚羊舞就能治好腿脚病。

如果患者头疼，领舞便带领病人和大家一起模仿长颈鹿的动作，因为布须曼人认为，长颈鹿可以治愈头疼的疾病。

如果病人全身不舒服，领舞便带领病人和大家一起跳胡狼舞，因为布须曼人认为，胡狼是他们的化身。

布须曼人为治疗疾病而跳舞时，是没有乐器伴奏的，只有有节奏的掌声和女人们的歌声。

领舞带领病人和大家围着篝火一圈又一圈地跳着。当舞蹈进入高潮时，如果病人精神恍惚，觉得自己已经变成了他所模仿的那种动物，例如大羚羊、长颈鹿、胡狼等，他的病自然也就治好了。

# 17. 睡觉时脸不能朝着东方

中国人有午休的习惯，我和中国专家组的同事们在尼日尔工作期间，每天中午都会在办公室小睡一会儿。

有一天，我们正在午休，尼方的人事部经理忽然有事来找我。当他看见我旁边有个同事趴在办公桌上睡觉时，赶忙让我叫醒他。我原以为他有事要找这位同事，没有想到他说，睡觉时脸部不能朝着东方。他还认真地嘱咐我要叫醒那个同事。至于什么原因，由于其他人都在休息，我也没多问。

事后，我向当地人了解了一下。原来，豪萨族人睡觉时有一些与众不同的禁忌，比如脸部不能朝着东方。至于睡觉时脸为什么不能朝着东方，有两种说法。

第一种说法是因为豪萨人死后入葬时，脸都是朝着东方的。如果活人睡觉时脸也朝着东方，就可能是梦中遇见游荡的幽灵，从而做噩梦。所以，睡觉时一定要避免脸部朝着东方。

第二种说法更为恐怖。豪萨人认为，一个人睡觉时，如果脸朝着东方，阴间会派一个老妖婆前来数睡觉人的头发。如果老妖婆在天亮前能将这个人头发数完，她就可以将此人的性命和灵魂一起带回阴间。因此，如果发现家人睡觉时脸朝东方，豪萨人一定会帮其改变睡姿，或者干脆将其叫醒。

也有少数人说，雷雨天睡觉，如果脸朝着东方，会被雷电击中。总之一句话，豪萨族人睡觉时，脸一定不朝着东方。

# 篇五
# 欲爱的释放

丰满的臀部，

硕大的乳房，

在这里，

性欲既不使人惧怕，

也不令人神往，

它就是生命。

# 1. 丰乳肥臀

## ——欲爱的释放

欲爱是人类的生理需求，是生命自生自发的渴望。非洲黑人的艺术作品用丰乳和肥臀来描绘和歌颂人类这种最原始的渴望。

首先，让我们来看看非洲最负盛名的木雕艺术。非洲木雕作品中有很多是以女性为题材的，这些雕像几乎无一例外地都有着硕大的乳房和丰满的臀部。最具代表性的，是约鲁巴族的女性雕像，这些作品毫不掩饰地强调性感，用巨大的乳房和如盘的肥臀来诠释欲爱。在这里，欲爱既不神秘也不可怕，它就是生命。

如果说非洲木雕作品中的丰乳和肥臀是以静态的方式来表现人类的欲爱，那么非洲黑人的舞蹈则是以动态的方式来展示人类渴望的欲爱。

非洲黑人舞蹈有着悠久的历史，是非洲最古老、最普遍和最主要的艺术表现形式。非洲黑人的舞蹈种类繁多，舞蹈语汇极其丰富。同时，由于非洲地域辽阔，部族众多，各个地区的舞蹈又各具鲜明的地区特点。

但是，不论哪一种黑人舞蹈，也不论是哪个地区的黑人舞蹈，耸胸和抖臀都是其共同的舞蹈语汇。非洲的朋友们告诉我，抖动乳房和摆动臀部是非洲黑人舞蹈最基本的动作，如果一个女演员不会抖动乳房和摆动臀部，她就无法表演真正的非洲黑人舞蹈。

20世纪90年代中期，我在尼日尔纺织厂专家组工作时，观看过厂方为我们举办的一场晚会。晚会中有一个舞蹈节目，那是由乡村乐队四个女演员表演的抖乳摆臀舞蹈。四个女演员上身近乎赤裸，只有乳房稍加掩盖；下身穿着几乎透明的薄纱裙。

表演开始前，她们径直走到中国专家席前，背对中国专家。当舒缓的鼓声响起来的时候，她们开始慢慢抖动其硕大如盘的肥臀。随着鼓点速度加快，她们抖动臀部的速度也越来越快，并且不断变换动作，其肥臀时而左右摆动，时而上下抖动，很难想象那如盘的肥臀会摆动得如此灵活和迅速。

当鼓声戛然而止时，四个女演员马上转过身来，面对中国专家。当鼓声再次响起时，她们开始耸动胸部，其丰满的乳房开始不停地抖动，鼓点越急，她们抖动得越快，场内的掌声和尖叫声也越激烈。

这时，场内不时有观众走上前去，把当地的西非法郎纸币蘸上唾液，贴到她们的脸上和胸前。据说，这是当地观众给演员打赏常用的方法。

说实话，中国专家哪里见过这种场面，在中国人眼里，这完全是挑逗。但是在这里，一切都显得那样自然、那样寻常。人类最原始的冲动——欲爱在这里可以用如此坦然、如此大胆的方式来表达和释放，看来非洲艺术与东方艺术之间的差异还真是挺大的。

# 2. 芦苇荡里裸浴

每年的8月，南部非洲的斯威士兰都要举行隆重的芦苇节。斯威士兰人认为芦苇象征着女人的生育能力，所以，他们崇拜芦苇，视芦苇为神物。

斯威士兰人举行婚礼的那天清晨，新娘要来到长着芦苇的小河旁或池塘边，迎着初升的朝阳，脱去身上的所有衣物一丝不挂地走进芦苇荡里，尽情地用河水擦洗身子。

当新娘赤身裸体在水中沐浴时，如果有路人经过，新娘并不会觉得害羞，更不会回避。因为在当地人的传统观念中，即将出嫁的新娘的身体是洁白无瑕的，没有什么见不得人的。

很多新娘子甚至很愿意借此机会向大家展示自己姣好的身材。如果新娘子的胴体被一个未婚的小伙子看见了，当地人就认为这个小伙子交上"桃花运"了，马上就会找到漂亮的妻子。小伙子本人更是兴奋不已，一定会长时间地、近距离地欣赏新娘子的胴体。

当新娘子在芦苇荡里沐浴的时候，岸边会有两个已婚妇女等着帮助她梳妆打扮。一旦新娘子的身子擦洗完毕，两名已婚妇女便会按照当地传统，先给新娘子全身涂上一层牛胆汁，然后再精心地为新娘子梳妆打扮。

最后，身着婚礼盛装的新娘子，头戴黑色羽毛，身披牛尾披肩，在两位已婚妇女的陪伴下，款款地走进婚礼现场。

# 3. 芦苇

## ——生殖崇拜的图腾

芦苇通常生长在河堤上、沟渠畔以及沼泽地带。芦苇的生命力很强，世界各地均有分布。

芦苇的茎秆高高挺立，绿叶扶疏，迎风摇曳，野趣横生。欧洲人喜欢芦苇的这种野趣，所以常在公园里种植各种芦苇，欧洲许多国家的公园里都能见到芦苇的优雅身影。

国人似乎对芦苇的花——芦花情有独钟。深秋季节开放的芦花显得飘逸而高雅，所以常为历代文人墨客所吟唱和赞美。

非洲黑人也喜爱芦苇，但他们看重的并不是芦苇袅娜的身姿和洁白的芦花，他们崇拜的是芦苇超强的繁殖能力。

人类出于生存的需要，总是对生殖充满崇拜。非洲地区生存环境恶劣，婴儿死亡率较高，所以非洲人对生殖更是充满敬畏之情。芦苇由于具有极强的繁殖能力，因此成了非洲许多黑人部族的生殖图腾，并受到崇拜。

东非马拉维地区的菲里族人一直崇拜芦苇，视芦苇为神物，任何人都不得随意砍伐。

菲里族人每年都会为进入青春期的少男少女举行隆重的"成人节"仪式。"成人节"前，部族酋长会派人采伐大量芦苇，并用晒干的芦苇编织成芦苇草垫。

在"成人节"上，酋长会给每一个进入青春期的少女分发这种芦苇草垫。这种芦苇草垫象征着女人的生育能力，少女如果得不到芦苇草垫，就意味着丧失了生育能力。

乞力马扎罗山位于东非，是非洲最高的山。乞力马扎罗山区的女孩子成年时，便有一群成年妇女把她们带到森林的一个隐蔽的地方，用舞蹈的形式向她们传授性知识和性技巧。

舞蹈者上身赤裸，腰间围一块带芦花的饰物，象征女性的私处，手中则拿一根芦苇秆，象征男性的阳具。舞蹈的动作非常直观，就是模仿男女性交的动作。

在这种场合，性欲既不会使人恐惧，也不会使人产生非分之想。这种性教育的舞蹈是非洲地区许多部族对成年少女培训的主要内容，其目的就是让女孩子在婚前就能掌握正确的性交方式，以便结婚后能够多生孩子。

斯威士兰是世界上少数几个君王制国家之一。每年8月，斯威士兰都要举办芦苇节。

芦苇节又称芦苇舞节，是这个非洲小国最负盛名的节日。这个节日不仅是庆祝少女成人的盛会，更是其国王一年一度的选妃盛典。所有参加芦苇节的女子必须是未婚处女，她们上身赤裸，下身着五彩短裙，手持一束芦苇入场。

入场后的少女们在广场上列队行进，一路翩翩起舞来到国王面前，等待国王的遴选。国王每年都可以从中挑选一位他喜欢的少女做王妃。

至于芦苇节的起源以及参加成人节的少女们为何要手持芦苇入场众说纷纭，最为可信的说法是当地人认为芦苇象征着女人的生育能力，手持芦苇入场，表明她们具有生育能力。

　　我认为，许多黑人部族崇拜芦苇，奉芦苇为生殖图腾，充分表达了他们渴望女性多生孩子的朴素愿望。

# 4. 芦苇折断，贞洁不保

到非洲旅游的人，看到非洲妇女袒胸露乳，就以为非洲人的性观念很开放，其实未必。非洲很多部族对女性的贞节看得很重，其中，南部非洲的祖鲁人尤其重视女性的贞节。

我们从祖鲁女人的传统服饰，就可以看出祖鲁人对女性贞节的重视程度。

祖鲁女人按照未婚、订婚和已婚三种不同的婚姻状态，分别有三种不同的衣着装扮。未婚少女留短发，可以袒胸露乳，下身的裙子也极短。祖鲁人认为，少女的美好身材是公共的，她们应该向大众自由地展示自己的身体。祖鲁人以自然裸露为美，少女的裸露是一种原生态的美，非常贴近自然，又风情万种。

女孩子一旦订婚，就需要把短发留长，头上要戴上漏斗形的饰物，上身不能再随意裸露，乳房及整个胸部都要用一块布遮盖。这样做的目的：一是宣告自己已经订婚，名花有主；二是出于对未来丈夫及夫家的尊重。

祖鲁人对已婚女人的衣着打扮比较严苛，她们必须用衣物严密地包裹全身，不得向他人袒露自己的身体，只能露出眼睛。头发要竖立固定，并饰以彩色的串珠。

一年一度的芦苇节是祖鲁人的盛大节日，芦苇节上的一项重

要活动就是祖鲁王遴选王妃。根据祖鲁人的习俗，凡是参加选妃的少女必须是处女，并要进行严格的贞节检查。

届时，准备参加选妃的少女全部要聚集到指定地点，接受同族老年妇女的贞节检查。

这项活动非常庄重，也略显神秘，凡是经过验证的处女，前额上都要被涂上特殊的处女标记。只有额头上涂有这种特殊标记的处女才能参加选妃活动。

祖鲁王选妃当天，凡是前额涂有特殊标记的少女们均手持一束芦苇，前去朝拜祖鲁王。她们一边向祖鲁王展示自己纯洁的处女之身，一边将自己手中的芦苇献给祖鲁王。据说，如果献芦苇的少女不是处女，其所献芦苇就会折断。

# 5. 铁匠成巫医

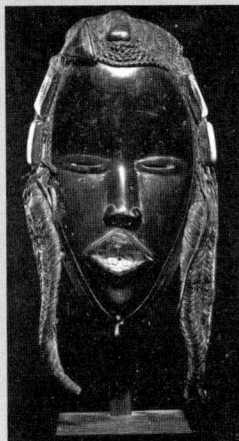

过去经常出现在西方文学家笔下的铁匠和铁匠铺，现如今在西方发达国家的乡村早已不见踪影，即使在我国农村，我儿时常见的那种炉火通明、火花飞溅的打铁场景也已经销声匿迹。

但是，在黑非洲，特别是在西非棉花产区，如马里和布基纳法索等国的乡村，依然能够见到"原生态"的铁匠铺。

令人感到不可思议的是，铁匠在非洲的社会地位相当高，他们被视为杰出的"火之主"，甚至被称为"大地的长子"。铁匠作为一种普通的手工者，为什么会得到如此高的评价，人们又为什么对他们如此尊崇？

带着这个疑问，我曾经很认真地询问过一位布基纳法索的朋友。他微笑着回答说，这与当地人的生殖崇拜有关。我本以为他会说，因为铁匠手艺高超，所以深受人们尊敬，没有想到他的回答出乎我意料。我不禁反问道："你没有开玩笑吧？"他认真地回答说，这绝不是戏言。接着，他给我详细讲述了非洲黑人崇拜铁匠的缘故。

非洲黑人之所以崇拜铁匠，是因为他们将铁匠铺中的各种工具视为人类的生殖图腾并加以崇拜。例如，铁匠的助手所操作的两个圆形风箱被他们看作是男人的两个硕大的睾丸，而熔铁炉则被视为女人火热的子宫，风箱与熔铁炉之间的通风管理所当然地成了男性的阳物。风箱向熔铁炉鼓风，象征着男人向女人子宫射入精液，熊熊的炉火则是施展造化的神。

据这位布基纳法索的朋友讲，正是由于人们对铁匠铺内各种工具的生殖崇拜，所以，铁匠也自然成了人们崇拜的对象。

在非洲一些地方的农村，许多铁匠也因此成为当地的巫医。那些婚后长时间没有生育的女人或生孩子少的女人，通常会找铁匠给她们看病。她们相信，只要铁匠让她们抚摸铁匠铺中的风箱、通风管和熔铁炉等器具，她们就能够早生孩子或者多生孩子。

非洲黑人对于生殖的崇拜如此直接和大胆，虽然令我有些吃惊，但他们丰富的想象力和朴素的愿望，都给我留下了深刻的印象。

# 6. 葫芦与娃

2007年，因为商务活动，我在非洲产棉大国——布基纳法索逗留了较长时间。

有一天，供应商约我前往位于首都瓦加杜古远郊的一个仓库去看货。结果货没有看到，仓库所在小镇的一种奇特景观却深深地吸引了我。

走进这个小镇，仿佛走进了一个童话般的葫芦世界。首先映入我眼帘是家家户户门前都堆放着的大大小小的扁圆形干葫芦，这些葫芦大的有脸盆那么大，小的也有篮球那么大。它们被整齐地码放在一个个倒立的三脚架上。大多数人家门前都有两三个这样的葫芦架，少数人家门前有四五个。

再看看各家各户门前屋后的园地，清一色都种着葫芦。葫芦本是一种爬藤植物，一般都攀爬在架子上。但在这里，葫芦藤却都匍匐在地面上，而在藤蔓之间则躺着许多青色的巨型葫芦。我从未见过如此巨大的葫芦。如不是亲眼所见，我绝不会相信，如此纤细的藤蔓能结出这么大的葫芦。

惊讶之余，我不禁问同行的当地朋友，这里的人们为什么如此钟情于这种巨型葫芦？这位朋友回答说，当地人酷爱这种扁圆形的巨型葫芦，与他们的生殖崇拜有关。他们认为，这种巨型葫芦的外形硕大浑圆，酷似孕妇隆起的腹部；而且，这种葫芦里面的籽特别多，这象征着家中的女人具有旺盛的生殖能力和家族的人丁兴旺。他们认为，只要多种这种扁圆形的巨型葫芦，家中的女人就会多生孩子，家族也一定会人丁兴旺。

# 篇六
# 爱的絮语

无论是"抢婚"，
还是"赊婚"，
或是"赖婚"，
都是为了爱。

# 1. 趣说"抢婚"

　　结婚是人生中的一件大事，也是一件喜事，所以世界各国的婚礼仪式往往都隆重而热烈，但是非洲某些国家盛行的"抢婚"却显得有些惊世骇俗。

　　20世纪90年代，我在西非多哥曾目睹了一场"抢婚"。那一天傍晚时分，我和当地司机，驱车前往位于多哥中部阿涅市附近的一家中国糖厂购买白糖。

　　在离阿涅市不远的一个村庄里，我看见几个身强力壮的小伙子扛着一个女孩子从村子里飞快地跑出来。女孩子在壮汉的肩上一边拼命挣扎，一边大哭大闹，大声呼救。

　　在这帮人的后面，有几个小伙子手持木棍或当地农民割草用的大砍刀在奋力追赶。他们一边挥舞手中的刀棍，一边大声叫喊，让前面的人放下被抢的女孩子。

　　见此情景，我气愤地问当地司机："这是些什么人？怎么这样大胆？"司机见我如此气愤，赶忙解释说："这是巴萨里人在'抢'新娘！"看到我惊愕的表情，司机详细地给我讲述了当地巴萨里族"抢新娘"的婚礼习俗。

　　巴萨里人居住在多哥中部，人口虽然不多，但是他们的婚姻习俗却别具一格。巴萨里人认为，新娘子一定要是抢来的，只有抢来的新娘，才能显得有"身价"。

巴萨里族的青年男女可以自由恋爱；但按照传统习俗，青年男女一旦确定恋爱关系，就要及时禀告父母，由双方父母主持订婚仪式。

订婚后到结婚前这段时间，男女双方不得再来往。姑娘在这段时间里，基本上足不出户，即使外出，也要特别谨慎，以防被男方抢走。

而男方家庭则要千方百计打听姑娘的行踪，寻找机会把姑娘抢走。如果姑娘被抢，一定要大吵大闹，装模作样地进行反抗，否则会被人看不起，"身价"就会下跌。

听完司机的讲述，我不由得松了一口气，笑着说："原来这是'假抢'啊！"

司机也笑道，确实是"假抢"。但巴萨里人喜欢这种游戏式的婚礼仪式，抢新娘这个传统在当地已经沿袭了几百年。

虽说是抢婚，但男女双方事先已商量妥当，并且是在征得双方父母同意的情况下进行的。巴萨里姑娘都希望自己的情人能把自己"抢"去成亲，这样不仅能显示自己的"身价"，也能体现出自己情人的智慧和勇敢。

巴萨里的男女青年订婚后过多长时间结婚，完全取决于小伙子何时能把姑娘"抢"到手。所以，这段时间越短，就说明小伙子越聪明。

姑娘被"抢"到男方家里后，男方一边热情地款待新娘，一边紧张地筹办婚礼。一般情况下，要经过七天的准备，才能举行婚礼庆典。

当司机给我讲述这些"抢婚"细节时，我们的汽车已行驶到了"抢亲"队伍附近。见到有汽车驶来，被扛在肩上的准新娘哭得更厉害了，并且不停地大呼小叫。但是，当她看到车内坐着的是一个外国人的时候，她马上停止了哭喊，转而用惊奇的眼光打量着我。

了解了非洲特有的"抢婚"习俗后，我与司机便饶有兴致地观赏起了这群青年男女的表演，并在心中默默祝福这位新娘的婚姻幸福、圆满。

# 2. "赊婚"

现在，在非洲的农村，女方父母向男方家庭索要高额聘礼的现象仍然非常普遍。通常情况下，聘礼是由男女双方的父辈通过协商来确定的。

女方的父亲一般会开出很高的聘礼价码，双方经过反复讨价还价，才能达成一致。达成一致以后，男方的父亲便向女方的父亲支付聘礼，女方父亲收到聘礼以后，男方才能前往女方家中迎娶新娘。

近年来，在非洲某些相对富裕的地区，索要高额聘礼的风气越演越烈，聘礼的数额往往要经过十分艰难的谈判才能确定。

这种谈判通常是在女方家中举行的所谓订婚仪式上进行的，由一个年轻人在中间充当媒介，传话协调。男女双方的亲属代表面对面落座后，先由男方的父亲或叔叔出面表达迎娶姑娘的愿望，并报出聘礼的数额，如果女方的亲属代表对此表示满意，订婚仪式继续进行。

但是，在大多数情况下，女方的亲属代表不会同意男方报出的聘礼数额，女方的父亲或叔叔当时就会婉拒。

这时，男方的亲属代表如果同意聘礼加码，则继续进行协商，直至达成一致；如果男方的亲属代表不同意，中介人会宣布订婚仪式结束。这种订婚仪式实际上是一种赤裸裸的金钱交易，并无半点喜庆气氛。

　　有些青年男女确实真心相爱，但是男方家庭又实在无法支付高额的聘礼，只好通过中介人向女方家庭提出先同居、后补交聘礼的方案。如果女方家庭通情达理，看到女儿确实喜欢小伙子，便会同意两个年轻人先一起生活，然后再慢慢积攒钱财补交聘礼，等到聘礼补齐时再举行正式的婚礼仪式，这种现象在非洲被称为"赊婚"。

　　现在"赊婚"的现象在非洲农村地区比较普遍，有些夫妻已经一起生活了半辈子，可还没有举行正式的婚礼，原因就是他们没有能力补齐聘礼。在有些地方，甚至可以看到夫妻双方带着四五个孩子补办婚礼的现象。

# 3.  不一样的"赖婚"

世界各地的婚嫁习俗可谓千差万别。在非洲黑人的传统社会里，不同部落、不同时代的婚姻习俗不尽相同，这些习俗反映了人们在婚姻观、价值观和审美观上的差异。

埃塞俄比亚是非洲文明古国之一，有数千年的文明史。与撒哈拉沙漠以南的非洲国家一样，埃塞俄比亚也是一个多部族聚居的国家，全国大约有80多个部族，其中奥罗莫族为全国第一大部族，约有人口2600万，这是一个有着上千年历史的古老部族。

奥罗莫族与非洲不少部族一样，也盛行"抢婚"的习俗。这种习俗与其他部族比起来，并无特别之处；但奥罗莫人婚嫁习俗中的"赖婚"却比较特殊。

"赖婚"，在中国通常是指男女双方订婚后，有一方后悔，不肯履行婚约。但奥罗莫人的"赖婚"，则是指女方赖在男方家里，逼着男方与她结婚。所以，埃塞俄比亚的朋友对我说，这与其说是"赖婚"，不如说是"逼婚"。

奥罗莫女子的"赖婚"通常会在两种情况下发生。第一种情况是：姑娘心仪的小伙子因贫穷无法明媒正娶姑娘，姑娘便瞒着父母，离家出走，手持一种甜味的野草来到她钟爱的男人家里，并"赖"在他家里。

当姑娘的家人获悉姑娘"赖"在男方家里的消息以后，会马上召集一帮人，手持长矛和盾牌来男方家里要人。来人会在男方家里大骂，要求男方出来决斗。眼看就要发生激烈冲突时，部落的长老会出面调解，要求双方和解。

第二种情况是：一个因为各种原因嫁不出去的姑娘，在夜深人静时，在其朋友的帮助下强行进入她钟情的男子家里，逼着那个男子娶她为妻。

如果男子不同意娶她，她就"赖"着不走。任凭男方家人怎么羞辱她，她就是不走。如果男方实在不愿意娶这个姑娘，就会请长老出来调解和劝说。

据当地人讲，这种"赖婚"有时候会僵持好几天，甚至会导致流血的冲突。由于种种原因，这种"赖婚"的成功概率比较小，很多男人对于这种嫁不出去的女人都比较排斥。

我曾经问过一些埃塞俄比亚的朋友，这种姑娘"赖婚"的现象是不是由于男女比例失调，女孩子过多所致？

他们回答说，并不尽然。据他们分析，这种"赖婚"现象大多数是由女方父亲索要很重的聘礼造成的。由于女方父亲开出的聘礼价码很高，男方家庭负担不起，双方便开始讨价还价，如果达不成一致，姑娘又决心要嫁给她心爱的小伙子，就只好离家出走，"赖"在男方家里，让"生米做成熟饭"，逼其父亲就范。

# 4. 棒打新郎与鞭抽新娘

非洲不少地方至今仍保留着许多不良甚至有害的婚嫁习俗，例如在婚礼上棒打新郎和鞭抽新娘。

## （一）棒打新郎

富拉尼族又称颇尔族，就外貌而言，纯种富拉尼人的皮肤呈红褐色，身材瘦长，与纯种非洲黑人的相貌有很大不同，他们自称为"白人"。富拉尼族是一个跨界民族，他们分布在西起塞内加尔、东至喀麦隆的整个西非地区。

富拉尼人在塞内加尔境内被称为富尔贝人。富尔贝人的婚礼在塞内加尔是最具民族特色的。

举行婚礼那天，女方家要邀请亲朋好友到家中来共同享用"全鸡宴"。宴席上，大家享用的是男方相亲时带来的8只公鸡和7只母鸡。"全鸡宴"要从下午4点一直进行到第二天清晨。

宴席即将结束时，新娘会突然跑向附近的树林，表现出不愿意出嫁的样子。她的女友们则要紧随其后追到林中，对她好言相劝。等到新娘同意出嫁以后，大家会找一根树枝，将其削成木棒，然后由女方证婚人提着木棒与众人一起陪同新娘返回，并护送新娘步行到新郎的家中。

当新娘进入洞房，女方证婚人便手持木棒在大庭广众之下，对新郎进行象征性的敲打。富尔贝人之所以要棒打新郎，就是要提醒新郎，要与妻子相亲相爱，白头偕老。

新郎挨打以后，才可以进入洞房与新娘相见。

尼日尔境内的富拉尼人与塞内加尔境内的富尔贝人同属一个部族，所以他们在婚礼上也有棒打新郎的婚俗。但尼日尔境内的富拉尼人对棒打新郎的方法有特殊规定：女方证婚人只能用木棒敲打新郎身上的某些部位，而不能随便乱打。但是，尼日尔境内的富拉尼人棒打新郎时，不是像富尔贝人那样象征性地打几下了事，而要求新郎身上必须留下棒打的伤痕才算过关。新郎会为自己身上的伤痕感到自豪，新娘也会因此感到分外骄傲。


## （二）鞭抽新娘

佛得角地处非洲和南美洲的海上交通要冲，素有"各大洲的十字路口"之称。由于特殊的地理环境和历史原因，当地的婚姻习俗，既保持着非洲居民的传统风俗，又表现出欧洲人的礼仪色彩。

婚礼大多选择在星期五举行，但男方家提前3天就开始张灯结彩。婚礼当天中午时分，新郎在亲戚朋友的簇拥下来到女方家拜见岳父母并迎娶新娘。

当迎亲的队伍准备返回男方家中时，新娘要一一叩拜父母和兄弟姐妹等家庭成员，以感谢他们的养育和照顾之恩，并表现出不愿出嫁和留恋娘家的样子。全家人将新娘送了一程又一程，千叮咛万嘱咐，情意绵绵，难舍难分。

见此情景，新娘的父亲会抽出一根藏在衣服里的鞭子，朝女儿身上打一鞭子，警示女儿婚后不要留恋娘家，不要总往娘家跑，否则是要挨鞭子的，并祝愿他们夫妻恩恩爱爱，白头到老。

# 5. "比武招亲"与"抛绣球"

"比武招亲"和"抛绣球"是中国古代浪漫的
婚配风俗，在现代中国已不多见。而在遥远的非洲西
部国家冈比亚，却经常上演非洲版的"比武招亲"和"抛绣球"。

冈比亚位于非洲大陆最西部，南、北、东三面均为塞内加尔
所包围。这个细长的条状小国把塞内加尔的国土拦腰切了一刀，
由于它的地形十分奇特，所以人们将其比喻为塞内加尔肚子里的
"盲肠"。

冈比亚的农民非常喜欢摔跤，村与村之间、部落与部落之间
经常举行摔跤比赛。每当有其他村或部落的摔跤能手到来时，本
村的鼓手马上以鼓声召集本村的摔跤手和村民到村中的摔跤场来
准备迎战和助威。

摔跤比赛开始时，双方的摔跤手列队上场，由双方领队根据
队员的实力进行配对。随着场内第一声鼓响，每一对选手都双腿
下蹲，双目圆睁，正视对方。鼓声再次响起时，双方抓住彼此，
开始迂回旋转，寻找战机。

双方的鼓手也紧跟在摔跤手的后面来回跑。此时，摔跤场上
扬起阵阵黄色沙尘，鼓声不断，场上观众不断欢呼呐喊助威。

在众多观众中，有一群人显得很特别，那就是村子里的一群
未婚少女。她们不喊也不叫，只是目不转睛地紧盯场内的每一个

摔跤手。她们并不仅仅是来观看摔跤比赛的，而是要从参加比赛的摔跤手中挑选自己的如意郎君。

经过一阵激烈的比拼，获胜者得到了一支公牛角。摔跤"表演赛"虽然结束了，但所有人心里都明白，好戏还在后面。

果然，随着一声鼓响，一群少女飞快地冲进摔跤场，拥到摔跤手们身边，把她们手中的铜铃系在自己心仪的摔跤手的手臂上和脚踝上。

在观众的一片欢呼声中，两队摔跤手开始绕场跳舞，手臂上和脚踝上的铜铃发出有节奏的响声。随着阵阵铜铃声，他们频频邀请少女们和他们一起跳舞。在摔跤手的不断邀请下，少女们纷纷加入跳舞的行列，开始翩翩起舞，并快速地穿梭于摔跤手之间。这时，场上的鼓声越来越急促，少女们的舞步也越来越快。

不一会儿工夫，少女们个个香汗淋漓，逐渐开始退场。退场前，她们把自己头上的彩色头巾抛在了场上。

接下来，全场一片寂静。鼓不再敲了，观众也不再呐喊了，围观的村民们一个个都瞪大眼睛，看哪个小伙子捡去了哪个姑娘的头巾。原来，在摔跤"比赛"过程中，姑娘们便在专心挑选自己中意的情郎。而摔跤手邀请少女跳舞的目的，也是为了近距离观看其容貌，挑选自己的心上人。

经过短暂的考虑，外村前来参加"比武"的摔跤手们纷纷捡起少女们刚刚抛下的"绣球"——彩色头巾。"比武招亲"正式结束，场内鼓声和欢呼声再次响起。

当地的少女都是通过这种形式与外村的小伙子喜结良缘的，摔跤联姻的风俗习惯一直延续至今。

# 6. 休妻趣闻

豪萨–富拉尼族是一个跨界部族，主要分布在尼日尔和尼日利亚北部。豪萨–富拉尼人信奉伊斯兰教，按照伊斯兰教教规，如果男人对自己的妻子不满意，只要连说三声"我要休了你"，这个妻子就必须离开夫家回娘家。

但是，休妻并不意味着这桩婚姻就此结束。因为《古兰经》规定，休妻之后，如果男子气消了，回心转意，还可以把回到娘家的妻子接回来。

然而，被休的妻子往往是要面子的，不可能随随便便就回夫家。这时候，休妻的男人就必须请撮合这桩婚姻的媒人或有身份的女人到女方家里去说情。如果女方坚决不肯回夫家，这桩婚事就此结束；如果经过劝说，女方同意回夫家，她便可以体面地回到丈夫身边。

如果一个女人已经被丈夫休过三次，但丈夫过后仍然想把她接回去，而这个女人也愿意回到丈夫身边来，按理说这种两相情愿的事情应该很好办，可是按照当地的风俗，这个女人要回到原来的丈夫身边，必须先和别的男人结一次婚，然后过一阵子被新婚的丈夫休了，她才能和原来的丈夫再结婚。这个女人与第二个丈夫之间的婚姻被称为"权宜婚姻"。

据尼日尔当地人讲，这种"权宜婚姻"并不是《古兰经》规定的，只是一种风俗。他们认为，被休三次的女人这样做，无非是想证明自己并非无人娶。说到底，这种"权宜婚姻"还是想让被休三次的女人能够体面地回到前夫的身边。

不过，据当地人讲，这种"权宜婚姻"有时会弄假成真。如果再婚的女人发现新婚的丈夫比前夫要好，她就有可能不吃"回头草"了，原来的丈夫想"破镜重圆"的愿望也就可能要落空了。所以，现在当地男人"休妻"也越来越谨慎了。

# 7.　女人味的标志

　　说到西非加纳阿散蒂人的文化象征，很多人马上会想到凳子。不错，在阿散蒂人的心目中，凳子确实是宝贵的，尤其是祖先坐过的凳子，更是比黄金还要宝贵。

　　但是，一些加纳朋友告诉我，在阿散蒂人心目中，梳子同样非常宝贵，特别是在阿散蒂女人心目中，梳子与凳子比较起来，其重要性有过之而无不及。

　　加纳的梳子大多数是木梳，其中尤以阿坎族的木雕梳子最为出色。加纳人认为雕刻梳子是件圣洁高尚的事情，所以雕刻木梳的工匠必须是品行高尚、受人尊重的人。那些品行不端的人绝对不能从事木梳雕刻这个职业。

　　雕刻木梳的工匠在雕刻之前要洗净工具和双手，这样才能保证他们制作的木梳干净圣洁。

　　阿坎族的女性一般从青春期编结发辫的时候开始使用木梳，一般每人会有3至4把木梳。梳子代表了她们的财富和美丽。阿丁克拉符号中的木梳符号，寓意就是美丽、卫生和有女人味。在加纳，梳子就是女人味的标志，它代表的是女人美丽的容颜和优雅的气质。

　　加纳新娘出嫁时，一定要在头上插上一种特殊的大梳子，

213

这种梳子上有一对阿库阿巴娃娃——象征着美丽、生命和多子多福。

婚礼结束后，这种特殊的大梳子要布置在新房内，梳子上密集的梳齿象征着女人多生孩子。所以，梳子的主人将大木梳布置在新房内，并不仅仅是为了装饰房间，更多的是为祈求自己多生孩子。

# 篇七

# 牛的写意

牛，

人类的朋友，

勤劳的代名词。

非洲牛的眼神中，

永远只有

淡定和倔强。

# 1. 非洲牛的眼神

西非地区的尼日尔地处撒哈拉沙漠南缘，是世界上阳光最充足的地区之一。该国中部地区为天然牧场，适宜放牧。

当地的图阿雷格人和富拉尼人几乎家家户户都有牛羊，他们祖祖辈辈都是牧民，习惯于逐水草而居。如今甚至在首都尼亚美的街道上也能经常见到他们的牛群。

尼亚美在当地哲尔马语中是"妈妈汲水河岸"的意思，是一个颇有诗意的名字。尼日尔河横贯市区，将市区分割成南北两部分。肯尼迪大桥是连接尼亚美南北市区的最主要通道，桥上南来北往的车辆非常多，交通十分繁忙。

可就在这样繁忙的大桥上，有一天，我竟然看到几十头牛不慌不忙地走在桥的中央，要过桥的车辆及行人都被它们堵在了桥的两端，谁也不敢驱赶它们，只能跟在它们后面慢慢向前移动。

汽车像蜗牛一样跟在牛群后面"爬行"了大约20多分钟后，这群牛才慢慢吞吞地下了桥。

当我们的汽车从它们身旁经过时，我发现这是一种我从未见过的牛。这种牛的最大特点是，脖子上有一个垂下的皮囊。这种牛的躯体虽然很大，可它们都瘦骨嶙峋、一根根肋骨从皮肤中凸出来。

217

当地司机告诉我，这种牛叫瘤牛，它的脖子上垂下的皮囊，其实是牛峰，壮实的瘤牛的牛峰是立起来的，而不是这样耷拉着的。

但最令我感到惊奇的并不是它们骨瘦如柴的身躯，而是它们的眼神。当那么多汽车和行人从它们身边经过时，你从它们的眼神中看不到一丝一毫的害怕和慌乱，它们根本无视眼前的一切，一派气定神闲的样子。

此后，我在尼亚美的街头曾经多次遇见这种瘤牛，它们似乎永远那么淡定、从容。

有时候，牧民们为了赶它们过马路，会用鞭子或树枝抽打它们，但它们也还是那样不慌不忙。在它们的眼神中，你根本看不到胆怯和慌张，有的只是淡定和倔强。每次看到牧民们和他们的牛群从尼亚美街头慢慢走过的时候，我都会从心底感叹：放牧这样的牛群得有多大的耐心啊！

# 2. 代人受过的牛

　　南苏丹是2011年才独立的国家，是联合
国最年轻的成员国。南苏丹的丁卡族与外界
接触较少，因而有一些特别的习俗。

　　丁卡人过着以牧牛为主的生活，牛既是丁卡人财富的象
征，也是丁卡人社会地位的象征。牛越多越富有，社会地位也就
越高。

　　丁卡族的男孩子从小就要学习放牛和照顾牛，早晨要收集牛
粪，晚上要将晒干的牛粪烧成灰涂在身上，以防蚊虫叮咬。每个
丁卡族男人成年后都会拥有一头属于自己的牛。男人结婚后，不
能和老婆孩子睡在家里，而要睡在牛棚里，与牛为伴。

　　女孩子每天早晨都要收集牛尿，以供家人洗头、洗澡。牛尿
不仅可以洗头发，还可以染头发。

　　此外，丁卡人还有直接从牛身上吸食牛奶的习惯。

　　牛，可以说是丁卡人最好的朋友，也是丁卡人文化和价值观
的核心。但是，丁卡族的某些涉及牛的习俗却令人颇为费解。

　　例如，有一对青年男女有意或无意触犯了家族内近亲结婚这
条禁令，族人不是直接惩戒这对青年男女，而是以牛为祭，来为
他们赎罪。

　　隆重的赎罪仪式一定要在水边进行，主持仪式的祭司将族人

召集到水边，让触犯禁令的青年男女站在他面前，其他亲属则在旁边做见证人。

一切准备就绪以后，祭司开始做祈祷。祈祷仪式结束后，祭司命令族人先将献祭的公牛投入水中，然后再把触犯禁令的青年男女也投入水中，并把他们的头反复浸入水中数次，经过如此这般操作以后，祭司便认为这对青年男女的罪过已经转嫁到这条献祭的公牛身上了。

这时，祭司会命令族人将这条公牛牵上岸来进行宰杀，其中最重要的一个环节是，祭司要亲自将这条公牛的生殖器切成两半。这样，这两个触犯禁令的青年男女的罪过便获得了赦免，他们也就得到了救赎。

另一个让牛代人受过的习俗是，如果两个家族之间因为某种原因发生了冲突，并且有人丧命，在这种情况下，部族内就要举行和解仪式以祈求和平。

和解仪式通常由双方推选出来的长者主持，这个长者不仅要德高望重，而且还得通灵。为公平起见，主持人不能和双方中的任何一方有关系。

仪式开始，杀人者和被害者家族互派代表，在相距12步处席地而坐。主持仪式的长者随后叫人牵来一头小公牛作为祭品，安排在双方中间。随着主持仪式的长者一声令下，杀人者的亲属上前抓住小公牛的两条前腿，被害者的亲属则抓住小公牛的两条后腿，然后，双方一起用力将其四脚朝天掀翻在地。接着，双方亲属各拿一把长矛刺入小公牛的身体里，将其杀死。

被杀死的小公牛再被分成两半，双方各拿走一半，而将牛的内脏遗弃在地上。拿到半匹牛肉的双方亲属各自回到原先的位置以后，主持仪式的长者便走到杀牛的地方，捡起地上带血的长矛，分别还给双方的亲属，并把残留在现场的小公牛的内脏抛到双方身上。这时候，双方的代表手持长矛各自向前走三步，并朝左右各吐一口口水，再朝自己的胸口吐一口口水。最后，这位长者再把牛粪灰撒到双方的脚下，双方之间的恩怨就此了结。

仪式中的长矛代表双方应遵守的誓言，吐口水和四下扬灰，则代表洁净和祈福。

# 3. 蜂鸟与斑鸠

看到这个题目的读者朋友，请不要误会，我笔下的蜂鸟和斑鸠既不是童话故事中的主人公，也不是寓言故事中拟人化的角色，它们是我在非洲的"邻居"。

我在科特迪瓦经济首都阿比让的住处是一个非常幽静的庭院，院子里除了花花草草以外，还有两棵可可树和几株香蕉树。正是这些可可树和香蕉树引来了我的两个"邻居"——勤快的蜂鸟和懒惰的斑鸠。

## （一）勤快的蜂鸟

我在阿比让的那段日子，有一对小蜂鸟几乎天天造访我的庭院。第一次见到它们是在一个雨后的下午，因为刚下过雨，院子里的香蕉树显得格外葱茏，宽大的蕉叶上挂满了晶莹的水珠。忽然，我看见一对翠绿色的小鸟从院外飞来，径直落到一片蕉叶上。稍微停歇一会儿后，它们又扇动双翅飞向一串香蕉花。在那串香蕉花前，它们就像直升机那样悬停在那里，并将它们那细长的喙伸进香蕉花的花蕊里吸食花蜜。每吸完一个花蕊中的花蜜后，它们就前进、后退，反反复复飞着，寻找下一个花蕊。

蜂鸟吸食花蜜时，我与它们之间的距离只有二三米那么远，但它们竟旁若无人，非常淡定地表演着独门绝技——"空中悬停"和"倒飞"。

在完成这一系列标志性动作和享用甜蜜大餐以后，小蜂鸟看到一片蕉叶上汪着一摊雨水，便扑到那摊雨水中打了几个滚，然后就开始反复抖搂羽毛，想把身上的雨水抖落。经过一番抖搂后，它又扭过头用它的长喙把身上的羽毛梳理得整整齐齐。

从那以后，这一对可爱而又勤快的小精灵，就经常造访我的庭院，它们那娇小美丽的身影常常出现在那几株香蕉树之间。

### （二）恋巢的斑鸠

我还有两个"邻居"——一对斑鸠夫妇，它们常年住在院子里的可可树上。

说实话，我并不喜欢这两个"邻居"，因为它们从早到晚叽叽咕咕地谈情说爱，尤其是中午，它们叫得更欢，经常吵得我无法午睡。

可是，有一阵子，突然听不到它们的叫声了。我心想，它们也许"搬家"了，也就没有当一回事。

然而，就在我已经将它们淡忘的时候，却意外地发现，在一棵可可树的枝丫上垒叠着十几根枯树枝。一般来说，这应该是鸟儿在营巢。我忙跑上前去察看，果然是一个鸟巢，而且巢中还有一枚鸟蛋。不过，这鸟巢也实在太简陋了，它就是由十多根枯树枝交错堆集起来的，结构十分松散，也根本看不到我们在其他鸟巢中常见的羽毛、枯草和苔藓之类的铺垫物。我心想，这鸟儿也太懒、太能凑合了。

正在我欣赏这个鸟巢时，鸟巢的"主人"回来了。我仔细一打量，它们就是我的那两个整天叽叽咕咕的"邻居"——斑鸠夫妇。这么多天听不到它们的叫声，原来它们躲在这里筑巢孵卵，繁殖下一代哩！

　　此后，在将近一个月的时间里，我经常观察它们的"爱巢"，目睹了斑鸠夫妇孵卵、育雏的全过程。

　　对于斑鸠"夫妇"在孵卵和育雏期间所表现出的恋巢和护雏情景，我印象尤为深刻。斑鸠夫妇的巢离地只有2米多一点，我触手可及。当我走过它们的巢下或停下来打量它们时，在巢中孵卵的斑鸠都不会飞走。雏鸟出壳后，斑鸠夫妇轮流出外觅食，共同抚养小斑鸠。

　　我多次见到雏鸟将嘴伸进亲鸟口中，取食亲鸟从嗉囊中吐出的半消化的乳状食物，其情其景常常令我感动不已……

# 4. 蜘蛛

## ——智慧的化身

蜘蛛的名声不太好，在大多数人的眼里，蜘蛛是一种可怕的动物。许多人一看到蜘蛛，就想一脚把它踩死。

人们之所以如此厌恶蜘蛛，一是因为它有毒；二是因为它有食同类的习性，尤其是雌蜘蛛，它常常食用与之交配的"丈夫"，所以更加令人憎恨。

但是，在非洲却有一些部族将蜘蛛视为智慧的化身并顶礼膜拜。例如，东非乌干达的巴干达人不仅视蜘蛛为智慧的象征，而且还将其尊为智慧之神。巴干达人为什么对蜘蛛如此崇拜？这得从巴干达人生活的布干达王国广为流传的一个古老的神话说起。

相传很久以前，在布干达王国，只生活着一个名叫金图的男人。他没有任何亲人，只有一头牛与他为伴。

当时，天上的国王名叫古鲁，他有很多儿子，但只有一个女儿，名叫纳姆比。

有一天，纳姆比公主和她的弟弟们乘着彩虹到人间游玩，邂逅了在茫茫草原上放牧的金图。纳姆比公主对金图一见倾心，决定嫁给他。但公主的父亲古鲁国王很不情愿女儿下嫁到人间，便出了一道又一道难题来考验金图。

其中一道难题是要金图用篮子到很远的水井里去打水，并在太阳落山前把水缸装满。

正当金图拎着篮子在水井边束手无策时，一只神奇的蜘蛛出现了，它飞快地绕着篮子吐丝结网，很快便在篮子四周织成了一张密不透风的蜘蛛网。金图正是用蜘蛛网围着的篮子去打水，才在太阳落山前把水缸装满了水。金图终于赢得了国王的赞许，国王答应了金图与公主的婚事。

在巴干达人的心目中，金图是他们的始祖，由于蜘蛛曾经用智慧帮助过他们的始祖，所以他们尊奉蜘蛛为智慧之神。

无独有偶，在西非的民间传说中，这种可怕的小动物同样也备受尊崇。尼日利亚的约鲁巴人对蜘蛛也是情有独钟。他们视蜘蛛为神物，绝不允许随意伤害这种面目可憎的小动物，甚至不允许随意毁坏它们所编织的蜘蛛网。

我初到西非时，曾看到许多当地人常常围着一张蜘蛛网大加赞赏，感到疑惑不解。后来，经过了解才知道，当地人有尊崇蜘蛛、视蜘蛛为智慧化身的习俗。他们认为蜘蛛编织蛛网捕捉猎物是运用智慧的体现，并从心底里佩服这种小动物。

由于西非人尊崇蜘蛛，所以尼日利亚的木雕、牙雕和铜雕工艺品中都有以蜘蛛为题材的作品。

当地的年轻人文身时也常常喜欢选用蜘蛛图案，很多人的手臂上和胸前都刺着形态各异的蜘蛛。在大街上，也时常可以看到人们的服装上印有色彩鲜艳的蜘蛛图案。当地人钟爱蜘蛛、尊崇蜘蛛，由此可见一斑。

# 5. 蜘蛛与肯特布

20世纪90年代末，中国纺织品大举进军西非纺织品市场。物美价廉的中国大提花布很快就将质量上乘、价格昂贵的欧洲提花布挤出了非洲纺织品市场。但是，有一种纺织品，尽管价格不菲，却在西非纺织品市场上始终占有一席之地，这就是由加纳人生产的肯特布。

西非有许多肯特布的专卖店。每当谈起肯特布时，非洲朋友常常赞不绝口。他们称肯特布为非洲最好的纺织品。那么，肯特布到底有哪些过人之处呢？

首先，肯特布作为享誉世界的纺织品，现在已经成为非洲的一种文化遗产。肯特布种类繁多，但每一款都有自己的名字和独特的象征意义。

过去，肯特布是国王的御用布料，只有国王、酋长以及其他重要人物在重要的场合，才会穿这种神圣的肯特布。现在，肯特布虽然不再是大人物的特权，但由于它价格昂贵，在当地仍然是身份和地位的象征。

其次，肯特布的图案设计非常大胆而且独特，其图案一律采用几何图形，这在非洲花布中是独树一帜的。肯特布上的各种几何图案都有深刻的含义，肯特布因此也就成为加纳的一种独特的文化象征。

再一点，就是肯特布的颜色非常鲜艳，并且不同的颜色具有不同的含义。例如，黑色意味着"成熟"，白色代表纯净，蓝色意味着和平、和谐和爱，绿色代表种植和收获。有两点需要注意：紫色与女性生活的方方面面有关，通常是女性的专属颜色；红色是加纳人厌恶的颜色，他们认为红色代表政治、杀戮和死亡。

肯特布源于加纳的阿散蒂王国，是加纳南部的阿坎人编织的丝质或棉质的布料。至于肯特布的起源，阿坎族民间还有一个美丽的传说。

由于西非大多数国家没有自己的文字，书面的史料极少，许多重大的历史事件都是以口口相传的方式保存下来的。所以，我认为有关肯特布的这个传说应该是可信的。

相传很久以前，两个阿坎族猎手在森林里打猎时，忽然看到两棵树中间挂着一张美丽的蜘蛛网。蜘蛛网的图案非常漂亮，一下子就把这两个猎人吸引住了。他们静静地伫立在蜘蛛网下面，仔细地观察蜘蛛是如何织网的。

两个猎人从蜘蛛织网的方式受到启发，他们回到家以后，马上找来原料，模仿蜘蛛进行编织，最终，他们织成了肯特布。

由于古代打猎的全是男人，所以，在加纳编织肯特布的至今仍然是清一色的男性。

# 6. "蜗牛果"

　　阿尔及利亚位于非洲西北部，幅员辽阔，是非洲面积最大的国家。阿尔及利亚北部地区因濒临地中海，气候温和宜人，属地中海式亚热带气候，一年分为雨季和旱季，雨季从每年9月至翌年5月，持续9个月，旱季从6月至8月，持续3个月。

　　在旱季，阿尔及利亚沿海地区几乎不下雨，天气非常干燥。荒原上的野草会枯黄，矮小灌木的树叶会掉落，公路两边的草丛里常常会出现一道奇特的风景线，所有干枯的草梗上都挂满了樱桃般大小的乳白色小球，远远望去，就像野草结出的果实，很是漂亮。走近一看，你会发现这些小球原来是一个个蜗牛。

　　根据常识，蜗牛通常是在雨天出来活动的，这里的蜗牛为何反其道而行之，在旱季钻出地面，爬到这些枯草上来？

　　带着这个疑问，我请教了当地人。他们告诉我，每到旱季，这里的土壤因为得不到雨水的滋润，会变得越来越干燥，越来越坚硬。生活在土壤里的蜗牛，不仅食物越来越少，而且因为身体得不到水分的补充，也会变得僵硬起来。因此，每年的旱季，都会有成千上万的蜗牛爬到地面上来。

　　爬到地面上来的蜗牛，首先要寻找既可以栖身又可以生成大量露水的场所，因为蜗牛休眠时，要靠露水补充体内的水分。

公路两边的草丛无疑是最佳场所。这里既有大量野草可供它们食用，夜间因为毫无遮挡，又可生成大量露水。随着大批蜗牛的到来，路边野草的叶子很快被蚕食一光，只剩下光秃秃的梗子。

吃饱喝足了的蜗牛，便纷纷吸附在草梗上。为了保护自己不受虫蚁的侵扰，它们还分泌出大量黏液，把壳口封住，躲在蜗壳里睡觉，进入休眠状态，直到雨季到来。

由于蜗牛众多，干枯的草梗上几乎爬满了蜗牛。有时候，一根草梗上可能会爬上十多个蜗牛，一眼望去，就像一根根中国的糖葫芦。所以，我们常常戏称其为"蜗牛果"。

# 7. "鸟的坟墓"

　　20世纪90年代中期，我国一家公司想在西非贝宁和多哥的大西洋沿岸建一个盐场。我在该项目考察组担任翻译期间，经常跟随他们穿行于大西洋之滨的一片片椰林之中选址。

　　在这些椰林中，常常可以看到高大的椰子树上挂着许多织布鸟的"爱巢"。这些鸟巢通常悬挂在椰子树硕大的羽叶上，人们很难"窥探"到其内部的"秘密"。

　　有一次，我突然发现椰林中一棵枯死的小树上挂着一个鸟巢，离地只有一米多高。我觉得这正是窥视织布鸟"爱巢"内部"秘密"的好机会，便迫不及待向那"鸟巢"跑去。

　　可是，当我快要跑到"鸟巢"跟前的时候，同行的当地向导急匆匆地赶来对我说，那不是"鸟巢"，那是鸟的"坟墓"。看到我一脸狐疑，他把我拉到那个"鸟巢"跟前对我说："你再仔细看看，这是不是鸟巢？"这时候，由于靠得很近，我可以很清楚地看到那并不是什么鸟巢，而是一只被无数蛛丝紧紧包裹着的死斑鸠。

　　我问向导："斑鸠为什么会被这些蛛丝缠住呢？"向导详细地作了解释。这些蛛丝可不是一般的蛛丝，而是由一种叫食鸟蛛的蜘蛛吐出来的。食鸟蛛是一种大型蜘蛛，身体有人的拳头大小，6只眼睛，8条腿，腿伸直后可达20厘米。食鸟蛛吐出来的这种蛛丝的蛋白质含量很高，非常强韧。

听了向导的介绍，我不由得下意识地向后退了退。我对向导说："这种蜘蛛一定很可怕吧？"向导说，食鸟蛛是一种很聪明的蜘蛛，可以说是自然界最聪明的猎手。它从不主动捕捉猎物，而是编织好网，躲在洞里耐心地等待猎物自投罗网。

当小昆虫飞到网内并被粘住后，食鸟蛛并不急于吃它们，而是留着它们做诱饵。小鸟看到挣扎的小虫，就会飞过来捕捉，这下，正好中了食鸟蛛的诡计。小鸟一旦进入食鸟蛛的网，食鸟蛛就会马上向它喷射大量高强度的蛛丝，并用这些蛛丝编织成一张韧性很强的网，把小鸟死死捆住。

这时候，小鸟会拼命挣扎，不断扑腾。但食鸟蛛非常有耐心，在小鸟的力气耗尽之前，绝不会主动进攻。等到小鸟筋疲力尽，食鸟蛛会慢慢地爬过去，用毒牙咬住小鸟，用毒液将小鸟毒昏，而不是毒死。

我不解地问："食鸟蛛为什么不将小鸟毒死呢？"向导回答说，这正是食鸟蛛的聪明之处。由于食鸟蛛进食的方法不是撕咬，而是吮吸，所以如果猎物死了，身体僵硬了，血液凝固了，食鸟蛛就不能吮吸了；而将猎物毒昏，用毒液将猎物的血肉溶解后，食鸟蛛就可以像小孩子喝奶一样，慢慢地享用它的猎物。

听了向导的话，再回头看看那树枝上挂着的死去的斑鸠，我发现它正随着微风摇晃，这说明它已经变得很轻，它的血肉已经被食鸟蛛完全吸食，现在剩下的只是一个躯壳而已。

向导将这"鸟巢"称为"鸟的坟墓"，确实贴切。

# 8. 鹭溪散歌

从贝宁经济首都科托努驱车北上，出城不远，
展现在眼前的是一片低洼的潟湖平原。连绵不断的潟
湖平原在天空下伸展着，没有山丘，也没有陵岗，像风平浪静的
海面一样。

汽车在这样的原野上奔驰了两个多小时，前方突然出现了
四五个山峰。叫山峰，其实比较勉强，实际上只是几个小山丘而
已。但因为它们矗立在这样一片平坦的荒原上，所以显得比较突
出。那些山坡光秃秃的，巨石耸立，最高岭上有一块巨大的褐
石，远远望去，恰似一头卧着的雄狮，不少中国人因此将这几个
山丘称为"狮子岭"。

过了"狮子岭"，汽车向西北方向行驶不到半个小时，就进
入了贝宁木薯的主产区。一家中国公司看中了这里丰富的木薯资
源，就在这里建了一个以木薯为原料的酒精厂。

2003年，我曾经在这个酒精厂工作过。刚到这个酒精厂的时
候，我对该厂建在这个前不巴村，后不着店的荒原上，感到有些
纳闷。

按理说，它应该建在贝宁中部的交通枢纽——达萨市里，或
者建在萨瓦卢县城内，而不应该建在这片荒原上的一条小溪旁。
后来，经过了解我才得知，因为清洗木薯需要大量的水，所以将

工厂建在了这条小溪旁。

这条小溪隐藏在浓密的灌木林中，从远处看很难发现。溪水不大，但一年四季都恬静地流着。这在缺水少雨的贝宁丘陵地区，简直就是一个奇迹。而且因为溪水那样清澈，所以我经常看到溪水中有小鱼在快活地游来游去。

正因为小溪中有鱼，所以吸引了许多白色的鹭鸶前来觅食。每天太阳快要落山的时候，成群的白色鹭鸶披着晚霞，悠然地栖息在树顶上。每天清晨，它们又飞落到溪水中觅食。

每当看到这如诗如画的美景时，我的脑海中就会出现家乡稻田中觅食的白鹭。家乡的白鹭胆子很小，当你刚想走近它们时，它们就飞走了。而这儿的鹭鸶胆子特别大，有时候我在岸边看它们觅食，距离它们不到两米，连它们头上飘逸的辫羽、铁色的长喙和青色的脚都看得清清楚楚，可它们并不害怕，仍然继续觅食。

有一天傍晚，我看到几个当地的小孩子在小溪中捕鱼，便问他们这条小溪叫什么名字。他们用当地语言回答说："洛科若埃。"意思是鹭鸶捕鱼的河。"鹭溪！一个多么富有诗意的名字啊！"我不由得从心里赞叹道。

鹭鸶在中国历来受到文人的青睐，既入诗又入画。诗人郭沫若把黄昏偶见鹭鸶低飞视为乡居生活中的一种恩惠。如今，我在这非洲荒原上，每天傍晚都可以见到成群的鹭鸶从身边掠过，每天清晨都可看着它们在脚下悠然捕食，这是何等的享受、何等的奢侈！

# 9. 它们都有一个温馨的家

## ——非洲鸟巢一瞥

### （一）荆棘丛中的麻雀窝

汽车从阿尔及利亚首都阿尔及尔市开出不久，便上了从阿尔及尔至西部重镇奥兰的海滨公路。这时，我突然看到一种前所未见的奇景：公路两侧密匝匝地生长着一种奇特的小灌木，而在这灌木丛中则布满了小鸟窝。

停车一看，这种矮小的灌木并没有树叶，在它深绿色的枝条上长满了密密麻麻的钉状物，每个钉状物大约有五六厘米长，顶端非常尖锐，坚硬如铁。

让人感到不可思议的是，在这密密麻麻的"钉子丛"中，数不清的小麻雀正穿梭其间忙着筑巢。麻雀在中国又被称为"家雀"，这是因为它们多将巢筑在人们房屋的屋檐下或者墙缝中，它们喜欢与人类为伍，就像是家养的一样。但在非洲大陆的地中海之滨，麻雀却把它们的窝建在远离人类的荒郊野外的荆棘丛中。

麻雀们的窝大多建在离地只有一米多高的树杈间，路人触手可及。看到我们走近，麻雀并未害怕地逃离，仍然叽叽喳喳地叫着，在"钉子"丛中飞来飞去，忙着建造它们的"爱巢"。由此可见，这里的麻雀对于路上飞驰的汽车以及路边的行人早就已经习以为常了。

让我们再来看看它们的"爱巢"吧。我发现，这些建造在树丛间的麻雀窝与国内那些屋檐下的麻雀窝所使用的"建筑材料"几乎完全相同，都是些枯萎的草梗或细软的树叶。但这里的麻雀窝要比国内的麻雀窝大得多，也坚固得多。

## （二）触手可及的乌鸦窝

人们习惯把位于大西洋岸边的黑角市称为刚果（布）的经济首都。黑角市的海滩相当宽阔，一片平展展的细沙，没有一片碎石，没有一处水洼，一边是浩瀚无垠的大西洋，一边是连绵不绝的桉树林。

也不知何故，当地人把紧靠海滩的那一排桉树的树冠全都锯掉了，只留下一排高度在两米左右的树桩。树桩的顶端簇生着参差不齐的一蓬蓬新枝。

在这一蓬蓬新枝中间，无一例外地都筑有一个大大的乌鸦窝，而且每个窝中都静静地匍匐着一只乌鸦。

我在黑角时，正值当地的旅游旺季，海滩上游人如织，熙熙攘攘，可近在咫尺的鸟巢中，乌鸦却安之若素，旁若无人。

同样令人感到惊奇的是，来来往往的游人，包括那些在海滩上追逐嬉闹的当地孩童，没有一个人去打扰那些触手可及的鸟巢中的乌鸦，甚至在他们从那些树桩旁边经过的时候会特意放低说话的声音，生怕吓着巢中的鸟儿。

面对眼前这一幕人和乌鸦和谐相处的场景，我不由得想起乌鸦在中国的遭遇。

在中国人的心目中，乌鸦可不是什么"好鸟"。在许多文学作品中，乌鸦都是灾难的象征，每当有乌鸦出现，就预示着会有灾难降临。普通老百姓如果看到乌鸦，特别是"白脖"乌鸦从面前飞过，心里马上会犯嘀咕：今天会不会碰上什么倒霉的事情？由此可见，中国人对这种鸟儿的成见有多深！

可在非洲大陆，在大西洋之滨，人们非但没有嫌弃它们，反而对它们倍加呵护。看来同一种鸟儿的命运在不同的地方也是千差万别啊！

### （三）要当"新郎"先盖"房"

我早就听说非洲织布鸟是筑巢的能工巧匠，是鸟类中最高明的建筑师。20世纪90年代，我第一次到西非时，正好赶上织布鸟的繁殖季节，所有的雄鸟都换上了漂亮的黄色羽毛，准备当新郎。

我所住的大院里有好几棵高大的椰子树，那可是织布鸟筑巢时首选的树木。椰子树高大的树干和巨大的羽叶正是织布鸟营造"爱巢"的最佳场所。

那段日子，我看见黄色的雄鸟整天忙个不停，或外出寻找建巢材料，或在枝头编织"爱巢"，而黑褐色的雌鸟却整天无所事事，要么在枝头东张西望，要么在巢间飞来飞去。

我问当地一位黑人朋友这是为什么，他告诉我，织布鸟只有雄鸟会筑巢，雌鸟是不会筑巢的，雌鸟只负责生儿育女。雄鸟只有筑好巢才能娶到"新娘"。这位朋友笑着说，鸟儿和人类是一样的，谁想当新郎，必须先盖房。

对于雄鸟的聪明能干，有一个细节我至今记忆犹新。那是一个星期天的下午，我正在院子里散步，忽然看到不远处的草丛中，有几只黄色的雄鸟在那里飞来飞去。我停下脚步一看，原来它们正在采撷建巢材料。我看到它们为了折断那些枯萎的草梗，总是先站到草梗的一端，将草梗压弯，然后再用喙在草梗的弯曲处轻轻一啄，草梗就断了。

随后，它们立即衔起折断的草梗向椰树飞去。其速度之快、动作之娴熟令人惊叹。

对于织布鸟的筑巢技巧，过去我虽有耳闻，但未亲见。今天目睹了它们采撷草梗的场景，我不由得从心里佩服这种鸟儿的聪明和能干。

此后，每当我看到椰树上那些高悬着的像工艺品一样的织布鸟巢时，我脑海中就会浮现它们采撷草梗的精彩场面。

# 10. 倒霉的白公鸡

　　2007年9月中旬，我带领几个中国技术员和钣金工赴贝宁的中贝棉业公司安装设备。期间，工人安装用的工具，如扳手、螺丝刀等，经常会丢失。

　　由于安装工具的丢失已经严重影响安装进度，我只好要求贝方负责人召集全体人员开会，追查丢失的工具。

　　会上，大家都很气愤，纷纷要求到警察局报案。但有一个小伙子却说："警察局根本不会管这些小事，我们只有自己追查小偷。"

　　我忙问他有什么办法。他说："你们只要找一只白公鸡来，我自有办法查出小偷。"

　　小伙子话音刚落，立即有不少人附和支持。"用白公鸡来追查小偷？"我满腹狐疑地将贝方负责人拉到一旁，想问个究竟。

　　贝方负责人告诉我，小伙子是皮拉族人，皮拉族人有一个特殊的习俗，就是用白公鸡破案。

　　如果部族里有人家丢了牛或羊，族长会马上召集全村人开会。在大会上，部族里的巫师会当众杀死一只白公鸡，并将其烤熟，分给在场的人每人一块鸡肉，令众人当场吃下去。

　　在众人吃鸡肉时，巫师会念一种咒语。

　　据说，巫师所念的咒语会使小偷吃下鸡肉后马上死掉，所以，小偷一般都不敢吃下鸡肉，自然会暴露。

由于这种方法屡试不爽，所以皮拉族人常用这种方法来追查小偷。

对于非洲巫术，我虽然有所了解，也见识过巫师为人"治病"和为农民"求雨"的场景，但从未见过巫师杀鸡破案。

对于皮拉族人用巫术吓唬小偷的方法能否奏效，我心里实在没有底。同时，出于对当地风俗习惯的尊重，我也不便表态。于是，我从会场上退了出来，由贝方负责人自行决定。

第二天早晨，我和贝方负责人刚刚到达安装现场，大门口的保安就捧着一大堆工具来到我们面前。他说，这是今天清晨在工厂门口发现的。我一看，正是我们丢失的。贝方负责人狡黠地笑着对我说："看来今天不用去买白公鸡了。"

由于皮拉族人有杀鸡破案的习俗，当地的白公鸡已经越来越难买到，价格也越来越贵。我调侃地说："人犯错，鸡倒霉，让鸡代人受过，这有失公允。"众人闻听，哈哈大笑。

# 11. 两个头的狗

由于偏爱非洲木雕，我每到一个非洲国家，都要去这个国家的木雕市场逛一逛。

来到刚果（布）以后，我已经去了好几次木雕市场。我发现，刚果（布）的木雕，不论是题材，还是艺术风格，均与西非其他国家的木雕有很大的不同。

例如，西非其他国家的木雕作品中，以热带动物如大象、狮子、长颈鹿和犀牛为题材的非常多。但在刚果（布）的木雕中，这类作品很少，而以狗为题材的却很多，尤其是那种两个头的狗的木雕格外引人注目。我在其他国家的木雕市场上，从未见过这种两个头的狗的木雕。

我在刚果（布）工作期间，租住在一家牙科诊所的楼上，房东是一位牙科医生。有一天闲来无事，我和他聊起刚果（布）木雕这个话题。我对当地木雕中充斥着以狗为题材的作品感到不解，尤其是对那种两个头的狗的木雕，更是感到惊异。

我的话音刚落，平日里嘻嘻哈哈的牙医忽然变得认真起来。他严肃地说："狗在我们的心目中，既不是看家护院的工具，也不是捕捉猎物的猎犬，更不是供人们消遣的宠物，狗是一种神圣的动物。"

根据古老的传说，狗既可以住在生者居住的村庄，也可以住在死者居住的森林，这是两个平行的世界。狗可以在生死两个世界之间自由来往，它是生者与其祖先之间交流的桥梁。

那些木雕作品之所以将狗雕成两个头，说明它具有同时可以看到阴阳两个世界的神秘能力。它的一个头用来观看阳间的一切，另一个头用来观看阴间的一切。每当有妖魔鬼怪来到人们身边的时候，狗都看得清清楚楚，它可以驱逐这些妖魔鬼怪，确保人类的平安。

我注意到，房东在讲述这一切时，不仅神情专注，语气也显得十分虔诚。从房东崇敬的神态中，我完全可以想象出狗在他心目中的崇高地位。在他的心目中，狗已不是普通的动物，而是刚果（布）人的保护神。

# 12. 西非鹰的故事

　　当汽车在西非原野的公路上奔驰时，车前常常会有黑影掠过。这是西非天空中的主人——西非鹰为捕捉公路上的蛇或老鼠而向下俯冲的英姿。

　　在西非的天空中，几乎随时都可以见到西非鹰矫健的身姿，尤其是在早晨或黄昏，它们在空中或盘旋，或俯冲，或滑翔，一招一式，无不彰显王者风范。

　　有一天早晨，中国专家组的黑人司机来上班时，拎着一个很大的鸟笼，里面关着一只大鸟。我走近一看，原来是一只我们几乎每天都能在天空中见到的西非鹰。

　　能如此近距离地观看西非天空中的霸主，机会难得，我和几个中国专家高兴地围拢过来。这是一只成年的西非鹰，它有一身灰黑发亮的羽毛，令人望而生畏的尖喙是黄绿色的，双腿为黄色，一双利爪则是深黑色的。给人印象最深的是它那亮黄色的双眼，它的眼神特别犀利。它虽然被关在笼子里，但只要它扑腾一下翅膀，周围广场上的麻雀就吓得乱飞。

　　望着笼中不停扑腾的西非鹰，我问黑人司机这只西非鹰是哪里来的。黑人司机告诉我说，昨天晚上他开车外出，当汽车在公路上行驶时，一只大鸟忽然撞到了他的汽车玻璃窗上，他下车一看，只见一只西非鹰跌落在路边。黑人司机本以为西非鹰已死，可是拎起来一看，发现它竟然还活着，只是一只翅膀受了伤，飞不起来了。

黑人司机说，看到受伤的西非鹰在那里痛苦地挣扎，他不觉动了恻隐之心，所以，把受伤的西非鹰抱到车上，带回家为它疗伤。

黑人司机是个心地善良的小伙子，为使受伤的西非鹰尽快养好伤重返蓝天，他特地借来一个硕大的鸟笼，把受伤的西非鹰养在里面。

因为担心家中小孩子会逗弄笼中的西非鹰，黑人司机便带着鸟笼子来到中国专家村，准备把鸟笼子挂在专家村的竹林中，让西非鹰好好养伤。

中国专家一听，齐声说好。专家村的竹林不仅环境幽静，而且浓荫蔽日，非常适合西非鹰养伤。

黑人司机带来一只受伤西非鹰的消息，一下子就传遍了专家村。王工程师一听到消息，便马上带着从国内带来的云南白药、创可贴和医用纱布等来到竹林，准备为西非鹰疗伤。

按理说，西非鹰是一种猛禽，攻击性很强，可在王工程师为它治疗的过程中，它却显得十分温顺。也许，它那双犀利的眼睛看出了人类的善意，在王工程师为它涂药和包扎的时候，它一直非常配合。

接下来的几天，黑人司机和中国专家们每天都会到竹林里为它换药，给它送水和食物。

时间过得很快，一晃10多天过去了，在众人的精心护理下，西非鹰的伤已经完全好了。黑人司机和中国专家们商量以后，决定将它放归大自然，让它重返蓝天。

大家把鸟笼子抬出竹林，黑人司机打开鸟笼的门，小心翼翼地把西非鹰从笼中抱了出来，并轻轻地吻了吻它，然后慢慢地松开双手。在众人依依不舍的注视下，西非鹰展开双翅，奋力向蓝天飞去。也不知为什么，望着渐渐远去的西非鹰，我的眼圈湿了。

# 篇八
# 粟之音

珍珠粟，

一个美丽的名字，

一个安静而热烈的生命。

它用神奇的声音，

为自己的成长伴奏。

# 1. 韵在骨子里的诗

## ——记毛里塔尼亚沙柳

毛里塔尼亚素有"沙漠共和国"之称，全国四分之三的国土为沙漠，连首都努瓦克肖特也位于广阔的西部沙漠之中。"努瓦"在当地语言中就是"风口"和"多风"的意思，由此可见当地气候之恶劣。

努瓦克肖特受地理环境和气候条件所限，植物稀少，连距离市区仅仅十几公里的盐湖滩上，也几乎寸草不生。

2006年至2007年，我在努瓦克肖特工作期间，因开展勘测工作，曾经踏遍了方圆数十公里的盐湖滩。这个盐湖已干涸好多年了，纵目望去，一片苍茫，几乎看不到任何生物，白花花的沙土地上寸草不生。

随着勘测作业的开展，作业区不断前移。有一天，我们忽然发现前面不远处出现了一株矮矮的小灌木。这么多天了，我们在这盐湖滩上还是第一次见到树木，大家急忙朝小树奔去。走近一看，这是一棵非常奇特的小树。它的那些灰褐色的光秃秃的枝条上没有一片树叶。因为我们看到它连一片叶子都没有，觉得它应该是枯萎了，就想折一根枝条来看看。哪知我们使了很大劲，也没有把它的枝条折断，折弯处反而不断有汁水流出。由此我们断

定，这是一棵活着的"奇树"。

我赶忙把我们雇用的当地司机找来问其原因。

司机告诉我们，这是前几年当地政府组织人在盐湖滩上种植的沙柳。这是唯一可以在盐湖地上生长的沙漠植物。以前他们也种过其他沙漠植物，但都没能成活，只有少数沙柳活了下来。

听完司机的介绍，我们不觉对眼前这棵小树产生敬意。在这样高盐碱度和灼热的沙滩上能够生存下来，该有多么顽强的生命力啊！

沙柳，我赞美你！高声为你喝彩！为你点赞！你的一生就是一首与大自然抗争的诗，一首韵在骨子里的诗。

# 2. 粟之音

　　尼亚美博物馆是尼日尔唯一的博物馆。馆中
有一款展品令人颇感意外。这是一瓶黄色的粟米，
俗称小米。其说明文字是这样写的：珍珠粟，原产于尼日尔河
畔，因其籽粒大且圆，形状有如珍珠而得名。

　　尼日尔地处撒哈拉沙漠南缘，是世界上阳光最充足的地区之
一。因灼热无比，所以世人称尼日尔为"阳光灼热之国"。

　　1999年至2000年，我在尼亚美纺织厂工作。在那一年的雨季
里，我目睹了珍珠粟从发芽到拔节到抽穗，再到结籽的全过程。

　　尼亚美的雨季从6月中旬开始，持续到9月份，只有短短的3
个多月。所以，雨季的第一场雨过后，农民们便迫不及待地开始
播种珍珠粟。

　　尼亚美纺织厂地处郊区，四周基本上都是农田，雨季里经常
能看到农民在田间忙碌的身影。农民播种以后，大约过了四五天
的光景，有一天早晨，我沿公路散步，忽然，我惊喜地发现，路
边的农田里已经冒出了一簇簇嫩芽，原来珍珠粟已经发芽了。

　　此后，我几乎每天早晨都要到粟子地里去看一看。刚刚出土
的小苗一天一个样，不仅一天天长高，颜色也在一天天变深。半
个月以后，它们竟然长到10多厘米高了，颜色也由嫩绿变成了
深绿。

一个月以后，粟子苗已经有50多厘米高、筷子那么粗了。

有一天早晨，我遇到几个正在田间锄草的农民，我指着粟子苗对他们说，粟子苗长得太快并不好。在中国，粟子苗如果长得太快和太高，将来抽出的穗就会比较小，会影响收成。

农民们听了我的话，赶忙解释说，尼日尔的雨季只有3个月，粟子必须在雨季里尽快生长，否则雨季一过，粟子就会枯死。他们指着身旁的粟子继续说，再过一段时间，到了粟子拔节的时候，粟子会长得更快。那时候，如果夜间到粟子地里来，你会听到粟子拔节时发出的声音。

说实话，我从小在农村长大，从未听说过粟子拔节时会发出声音。看到我怀疑的神色，几个农民异口同声地说，他们都听到过粟子拔节的声音。不过，他们补充说，要听粟子拔节的声音，一定要在夜深人静的时候。

粟子拔节的声音我没有听到；但是两个多月以后，我看到地里的粟子已经长到一人多高了，抽出的穗子竟有狗尾巴那么长，怪不得有些地方的人把粟子叫作狗尾巴草。

# 3. "神树"

无花果树原生长于阿拉伯南部，后传入世界各地，是一种很普通的亚热带小乔木。可是，在非洲东部地区，在肯尼亚和乌干达等国，它却被当地人视为"神树"。

肯尼亚的基库尤人认为，祭祀祖先必须在无花果树下进行，只有在无花果树下献祭，活人与祖先的亡灵才能进行最有效的沟通。按照基库尤人原始宗教的传统，他们通常会选择在地势较高地方的一棵无花果树下举行祭祀仪式——设置祭坛，摆放供品，对它顶礼膜拜。

由于基库尤人视无花果树为"神树"，任何人都不得砍伐，所以它们的树龄通常都有好几百年。

即使人类社会已经进入现代文明的时代，但肯尼亚的基库尤人对无花果树的崇拜依然如故。在肯尼亚的官方报道中，人们经常可以看到有关无花果树的报道。例如，2013年2月，肯尼亚几乎所有的媒体都报道了这样一则新闻：肯尼亚山上有一棵巨大的无花果树轰然倒下。

根据传统，基库尤族的长老们要对此事进行预测。德高望重的长老们聚集在无花果树下，通过与祖先亡灵的交流，他们预言：好事将近。

正当肯尼亚全国人民翘首以盼之际，长老们断言，这棵无花果树的倒下，预示着时任副总理的乌胡鲁·肯雅塔会赢得2013年的总统大选。

后来的选举结果果然验证了长老们的预测，肯雅塔在2013年3月4日赢得肯尼亚大选，成为肯尼亚第四任总统。

乌胡鲁·肯雅塔赢得大选，成功登上总统宝座以后，肯尼亚的媒体又有意识地对这棵倒下的无花果树进行了广泛报道，这种舆论上的推波助澜，使得无花果树在当地完全被"神"化了，已成了肯尼亚人心目中名副其实的"神树"。

# 4. 灵石守护神

　　贝宁共和国的丘陵省因境内多低矮的丘陵而
得名。这一地区由于缺水，植被比较稀疏，显得
平淡无奇。但在小镇萨瓦卢附近有一座山丘，却显得比较突兀，
在其斑斑驳驳的山坡上，耸立着许多黝黑的巨石，它们没有棱，
没有角，犹如一头头巨兽横空出世。令人感到不可思议的是，几
乎每一块巨石的旁边都毫无例外地伫立着一棵高大的猴面包树，
好似巨石的守护神。

　　猴面包树是一种长相非常奇特的树，主要分布在撒哈拉沙漠
以南地区。猴面包树的树干粗大无比，可以贮存好几吨水，十分
耐旱。

　　据当地人讲，这座山上原先还有其他树木，并非只有猴面包
树，山上的这些巨石原先也并不是黝黑的，而是浅灰色的，是法
国侵略军放火烧山才改变了萨瓦卢山的面貌。

　　阿波美王国的王城阿波美陷落后，国王贝汉津并没有放下武
器，他在阿波美北部继续领导抗法斗争。他们以游击战的方式
昼伏夜出，到处袭击法军的岗哨和巡逻队，使得法军终日不得
安宁。

　　有一天，法国侵略军把一队阿波美士兵包围在这座山丘上，
战斗进行得非常激烈，阿波美士兵顽强抵抗，英勇不屈。法国侵

略军在久攻不下的情况下，便开始放火烧山，结果山上的阿波美士兵全部壮烈牺牲。

山上的树木除了猴面包树外，全部被烧死，山上的巨石也都被烧得黝黑，烈火中幸存的一棵棵猴面包树，犹如一个个高大威猛的卫士，高高地伫立在一尊尊巨石旁。

从此以后，每逢雨天的时候，附近的居民便会听到这些巨石发出一阵阵奇怪的声响。他们说，这是那些被烧死的阿波美士兵发出的呐喊。阿波美士兵在萨瓦卢山上英勇抗击法国殖民主义侵略军的悲壮故事，就这样一代一代传了下来。

# 5. 一路花香

　　"非洲之傲"列车是当今世界上最豪华的列车，享有"铁轨上的豪华游轮"和"流动的五星级宾馆"之美誉。我国著名作家毕淑敏女士曾从南非的开普敦乘坐该列车到坦桑尼亚首都达累斯萨拉姆，进行了一次"史诗般的旅行"，并将旅途见闻收录在《非洲三万里》一书中。

　　从20世纪80年代起，我就在非洲工作，其间，我曾到过将近20个非洲国家，但在非洲乘火车旅行的次数屈指可数。这主要是因为在非洲50多个国家中，有1/3的国家没有铁路，即使是有铁路的国家，也因为恐怖活动时有发生，铁路运输受到严重威胁，乘坐火车的旅客也就越来越少。

　　尽管铁路运输业在非洲大陆越来越不景气，但阿尔及利亚政府始终十分重视铁路运输业的发展，经过多年的努力，阿尔及利亚的铁路里程已跃居非洲第二，位列南非之后。

　　我第一次到阿尔及利亚工作，是在20世纪80年代中期。当时，许多非洲国家的铁路已经停止运营，唯有阿尔及利亚的绿皮火车还在非洲原野上奔驰。从阿尔及尔到古城君士坦丁，每天都有两趟客运列车开行。不过，列车行驶的速度实在太慢，时速只有50千米左右。所以，我们都戏称绿皮火车为"老爷车"。

　　因为"老爷车"行驶的速度太慢，所以我们平时出差都不会乘坐。令我们感到意外的是，有一个星期天的早晨，阿方的工地代表竟然来邀请我们坐"老爷车"前往古城君士坦丁"兜风"。

说实话，我们对于坐"老爷车""兜风"并没有多大兴趣，不过盛情难却，只好随他前去。

从阿尔及尔火车站上车的旅客并不多，车厢里显得空空荡荡，我们每个人都找了靠窗的位子坐了下来。当我还在仔细打量这似曾相识的"老爷车"车厢时，忽然听到汽笛长鸣一声，"老爷车"缓缓启动了。

阿尔及尔渐渐远去，在短暂的城市景象之后，列车驶进了广袤的非洲原野。当时正值春末夏初，无垠的田野里一片金黄，地中海上吹来的阵阵微风，不时掀起金色的麦浪。我静静地坐在车窗旁，默默地凝望远方的麦浪。

就在我陶醉于远方美景之际，"老爷车"忽然放慢了速度，开始慢吞吞地向前爬行。我心中不由得一惊，心想，这"老爷车"十有八九要"趴"在这里了。

看到我惊慌的神色，阿方工地代表笑着告诉我，从这里向前，大约30千米的路段，路的两旁种植了大量的夹竹桃，现在正是夹竹桃花盛开的季节。每当火车行驶到这一路段，司机都会特意放慢车速，以便大家能够更好地观赏盛开的夹竹桃花。

工地代表的话音刚落，车窗外便涌现出无数的夹竹桃树，这些夹竹桃树长得都比较高大，整整齐齐地排列在铁路两旁，犹如千军万马迎面扑来。

它们的叶子绿得像绿蜡，花朵都开在高高的枝头，花的颜色似乎比国内多一些，除了红色的和白色的，还有黄色的。枝头上盛开的无穷无尽的红色花朵，远远看去，犹如片片红霞；而那些簇拥在树梢上的白色花朵，就像团团白雪。最令人称奇的是，同一棵树上竟然开着红色、白色和黄色等多种颜色的花朵。

随着列车慢慢向前行进，车厢里的香气越来越浓，这是无数夹竹桃花朵的花香从花枝上飘落下来，钻进了车厢。这种花香并不是那么浓郁，但却一点儿也不含糊。

在我的印象中，夹竹桃并不是什么名贵的花，也不是很美的花。没想到，在这非洲的旷野上，它们开得如火如荼。我静静地伫立在车窗前，默默地注视着这一望无际的夹竹桃，我已经完全被它们展现出的蓬勃生机和炽烈的香味所震慑。

# 6. 崖上一片仙人掌

从阿尔及尔堡驱车前往卜利达小城，会经过一段盘山公路。第一次行驶到这段盘山公路时，我猛然发现，路边的山崖上挺立着一排好似披盔戴甲的武士一样的仙人掌。

仙人掌原本是一种沙漠植物，素有"沙漠英雄花"之称。干旱少雨的生存环境，使其叶子演化成了尖刺，以减少水分蒸发；为贮存水分，它的茎又演化成了肥厚的掌状茎。

此前，我见过的仙人掌都是在庭院中或花盆里人工栽培的所谓"有生命的工艺品"，从未见过荒野之中野生的仙人掌；而现在，我竟然见到了这样一大片犹如威风凛凛的勇士挺立在山崖上的仙人掌。

为一睹这些"勇士"的英姿，我费了不少力气爬上了山崖。当时正值旱季，我看到山崖上许多野花野草都已经枯死，唯独这些仙人掌不怕干旱，不畏酷暑，雄赳赳地伫立在这枯草没膝的荒野之中。

枯草丛中的仙人掌，实在是一种生命力顽强的奇特的植物。它那一片片翡翠似的"绿色手掌"，简直像打了绿蜡一样碧绿，每一片"绿色手掌"都向上伸展着，上面又长出一小片"绿色手掌"，像叠罗汉似的，重重叠叠。

这些"绿色手掌"浑身上下的一根根尖利的硬刺，不仅可以减少体内水分的蒸发，而且可以保护自己：无论什么野兽也别想侵犯它；无论什么害虫也别想啮食它。

还有一个奇特的景象，是我以前从未见到过的，就是这些雄赳赳的"武士"们还有柔情似水的一面。谁能料到，这一片片带刺的"绿色手掌"的边缘竟然绽放着一朵朵鲜艳的花朵，花朵有鹅黄色的，也有粉红色的和米白色的，非常美丽。

时间过得可真快，不知不觉，距离观赏山崖上的仙人掌已经过去两个多月了。我又一次驱车前往卜利达，一驶上盘山公路，我立刻就想起了那片仙人掌。

两个多月不见，这片仙人掌已经结出了不少漂亮的果实。它们的果实形状好似鸡蛋，不过比鸡蛋要大一些，有橙黄色的，也有紫红色的，都结在"绿色手掌"的顶端。一片"绿色手掌"上一般结三四个果实，但也有结七八个果子的。凑近果实闻一闻，有一股淡淡的果香。

当我还在寻思仙人掌的果实能不能吃的时候，随行的当地司机已摘了好几个拿在手上。他告诉我，仙人掌的果实不但能吃，而且味道还不错，并有清热解毒之功效。我再仔细一看，有不少果子已被小鸟啄破，这说明仙人掌果子的味道确实不错。

# 7. 沙漠"面包树"

贝沙尔位于撒哈拉沙漠北缘，阿尔及利亚西部沙漠北端，是一座沙漠绿洲中的新城。我曾去过贝沙尔两次，贝沙尔城里除了枣椰树外，几乎见不到其他树木。城市的道路两旁，居民的庭院之中，栽种的全都是这种高大的乔木。

枣椰树与棕榈树非常相似，只是比棕榈树高大一些。我第一次去贝沙尔的时候，正是枣椰树开花的季节，许多枣椰树的叶腋处已经绽放出白色的花穗，硕大的花穗上缀满了乳白色的花蕊。我从枣椰树下经过时，常常见到花穗上有黄色的花粉飘落，并能闻到一阵阵幽香，枣椰树使贝沙尔这个沙漠小城充满了生机。

当年10月，我又一次来到贝沙尔。我看到贝沙尔城里几乎所有枣椰树上都挂满了纸袋和树枝编织的篮子。经过了解，我得知这些纸袋和篮子是用来保护枣椰树的果实——椰枣的。

当地朋友告诉我，枣椰树刚结出来的嫩果，会因为太阳暴晒而枯萎，也会因为雨水侵蚀而腐烂；而成熟的果实又因为太甜，常常遭到鸟儿啄食。所以，人们要用纸袋将椰枣包裹起来。

至于那些树枝编织的篮子，则是为了防止成熟的成串的椰枣太重而坠落。

每年10月是当地椰枣上市的季节，城里的水果店里、公路边的小摊子上，到处都在卖椰枣。

新鲜的椰枣黄澄澄的，带着蜡质的光泽。用手捏一捏，坚硬得很。乍一看，新鲜的椰枣有点像我国的龙眼，只不过龙眼是圆的，而椰枣是椭圆形的。

由于我们从未吃过新鲜的椰枣，同行的朋友便建议买几个尝一尝。但摊贩说，椰枣不论个卖，要买就得买一挂。所谓一挂，就是一根花穗上结出的果子。我们挑了一挂最小的，也有超过1千克重。

回到旅馆，我们马上挑了几个最大的椰枣来吃。咔嚓一声，我咬下一块果肉，虽然带点淡淡的甜味，但坚硬得很；继续嚼下去，好像在嚼带点甜味的木头，而且感到有些涩嘴，到后来，舌头都涩得有些麻木了。

旅馆的服务生看到我们这样吃新鲜的椰枣，急忙赶过来对我们说，新鲜的椰枣不能马上吃，要把它们洗干净，装进塑料袋里密封保存一段时间。等到椰枣变成深褐色，就软了，表面还会渗出糖分来，黏糊糊的。这时再吃，椰枣不但不涩，而且很甜。

据旅馆服务生介绍，贝沙尔地处沙漠边缘，常年高温少雨，气候条件非常恶劣，很多植物在贝沙尔都难以生存，唯有枣椰树可以茁壮生长。高温、干燥等不利条件反而使当地的椰枣富含很高的糖分和多种维生素，成了椰枣中的极品。

旅馆服务生是个地地道道的柏柏尔人，他动情地对我们说，他们的祖先能在贝沙尔这样的沙漠边缘地带生存下来，全靠枣椰树提供的椰枣，椰枣对他们来说，就是赖以生存的面包，所以他们也把枣椰树称作"沙漠面包树"。

# 8. 埃塞俄比亚茶

"中国通"是一个埃塞俄比亚小伙子的绰号，他本来的名字叫埃利亚斯。埃利亚斯受雇于亚的斯亚贝巴的一家中国公司，因具有一定的语言天赋，并且喜欢跟中国人学汉语，时间长了，竟然可以说一口流利的中国话。所以，有些人就戏称他为"中国通"。

我是2017年3月在埃塞俄比亚逗留期间与"中国通"结识的。小伙子为人热情，待人接物颇有"中国范儿"。他不仅主动邀请我去饭店吃烤鱼，还破例邀请我去他家做客。

到他家以后，我和他的家人刚聊了一会儿天，他就对我说，他要去吃茶。

我本以为他要到附近的酒吧或咖啡馆去喝茶，哪知他却将车开到离他家数公里远的一条街道上。令我不解的是，他将车停下来以后，并未邀请我下车，而是独自一人走进一家小店。大约过了十几分钟，只见他手里捧着一个用芭蕉叶做成的喇叭筒回到车上。我不禁疑惑地问道："你不是要吃茶吗？怎么又回来了？"他略显神秘地打开绿色的喇叭筒，对我说："茶在这儿，这就是埃塞俄比亚茶。"

我笑着对"中国通"说："原来你要吃这种茶。"对于这种茶，我并不陌生。这种"茶"学名叫恰特草，现在已被世界卫生组织列为毒品。

　　当"中国通"听我说世界卫生组织已将恰特草列为毒品时，他急切地辩解道，恰特草其实和咖啡一样，并不是毒品，它不仅可以提神，还可以防治霍乱、梅毒和治疗腹痛等疾病。最关键的一点是，嚼食恰特草不会上瘾，一旦不想食用，马上可以戒掉。在埃塞俄比亚，恰特草不仅是传统的出口商品，而且国内也有不少人嚼食。

　　对于埃塞俄比亚人咀嚼恰特草的嗜好，我虽早有所闻，但对于恰特草的价格却始终不曾打听过。今天正好有机会，我便问他，买这样一小把恰特草要多少钱。"中国通"应声答道："70美元！"对于这个回答，我不禁大吃一惊：70美元！这可是普通埃塞俄比亚人一个月的工资！

　　"中国通"一边和我聊天，一边开始嚼食恰特草。他告诉我，咀嚼恰特草时，一定要与炒熟的花生米一同咀嚼，这样不仅可以淡化恰特草的苦味，而且可以使味道更香。我看到"中国通"只嚼食恰特草顶端的嫩叶，而把老的叶子和茎送给了路边坐着的几位"闲人"。"中国通"告诉我，这些人因为穷，买不起恰特草，所以常常坐在这些卖恰特草的小店附近，等待别人施舍一些老叶子和茎。我看到这几个人和"中国通"很熟，由此可见，"中国通"经常来这里吃茶。

　　"中国通"一边和我谈话，一边嚼食恰特草，不知不觉半个多小时过去了。我发现"中国通"嚼食恰特草以后，并未出现人们常说的兴奋状态。他很正常，不仅陪我去超市购物，还将我送到了机场。

# 9. 花开在眼前

## ——记西非无名花

　　每年从11月起，西非地区便进入了漫长的旱季，这是一年中最炎热的季节。尼日尔首都尼亚美在旱季里几乎滴雨不下，我们住所的庭院里栽种了一些花草，如果两天忘记浇水，其枝叶就会枯萎。门前马路边的杂草也都在不知不觉中由青色变成了枯黄。但我有一天在这片枯草丛中，发现了一片浅绿色。

　　我走近一看，原来是一种类似马齿苋的植物，只是其茎、叶要比马齿苋纤细得多。让我感到吃惊的是，在这种干旱炎热的条件下，在如此灼热的阳光下，这种纤细的植物竟然绽放着一朵朵米粒般大小的白花。

　　我向好几个路过的当地人打听这种小花的名字，他们都摇摇头说不知道。由此可见，这是当地一种默默无闻的无名野花。它们既无绰约的风姿，也无美丽的花朵，有的只是匍匐于地面的细茎和米粒状的白花，确实极其普通。所以，没有人重视它，以致连名字都没有。

　　但是，这种无名小花顽强的生命力给我留下了非常深刻的印象。此后，我在西非其他国家也发现过它的踪迹。例如，在西非贝宁农村的田间小道上，我多次见过这种小花。

生长在小路上的无名小花，不但要遭到路人和牛羊的踩踏，而且在农民放火烧荒时，还会遭受烟熏火燎，但它们依然顽强地活着。有时，甚至在牛羊踩踏出的洼坑里，仍能见到它们挣扎着探出头来的身影。

每次看到这种无名小花，我都觉得它们很像贫苦的非洲农民，它们非常普通，也极其平凡，因此不被人们所重视。然而，它们有极强的生命力，干旱和炎热奈何不了它们，路人和牛羊的踩踏也不能使它们屈服，甚至连野火也烧不死它们。无名小花这种压迫不倒、折磨不死的顽强形象，不正是广大贫苦的非洲农民的真实写照吗？

# 10. "救命树"

在埃塞俄比亚的农村，几乎随处可见一种看起来像香蕉树，却比香蕉树要高大得多的树。它们通常有七八米高，叶片甚至有四五米长，却不结果。

有一次，我在埃塞俄比亚首都亚的斯亚贝巴郊区见到一大片这种树，忍不住问随行的埃塞俄比亚朋友，当地农民为何种植这种不结果的"香蕉树"？

这位朋友指着蕉林对我说，这种酷似香蕉树的树，其实并不是香蕉树，而是埃塞俄比亚特有的一种芭蕉树，叫埃塞俄比亚蕉，是埃塞俄比亚最重要的农作物。

对这位朋友的解答，我不禁感到疑惑，因为在此之前我听说埃塞俄比亚人一日三餐都离不开主食英吉拉，而制作英吉拉的原料是苔麸，按理说，苔麸才应该是埃塞俄比亚最重要的农作物。

这位埃塞俄比亚的朋友似乎看出了我的疑惑，他解释说，苔麸只有在海拔3000米以上的地区才结籽，而且产量非常低，远远满足不了埃塞俄比亚全国人口的粮食需求。因此，在埃塞俄比亚人口稠密的南部和西南部地区，当地农民普遍种植这种芭蕉树。

这种芭蕉树的根、茎和叶都可以食用。芭蕉树的根既可以直接磨成粉晒干后做成食品，也可以埋在地下的深坑里，发酵一段时间以后再拿出来食用。芭蕉树的茎和叶可以磨碎制作蕉粉，剩下的渣滓经过发酵后与蕉粉和成面团，然后用芭蕉叶包好，放到火上进行烘烤，略带酸味的"埃塞俄比亚面包"就制成了。这种面包口感很好，深受当地人喜爱，是宴席和婚礼上必不可少的食品。

这位朋友还介绍说，据当地农民讲，有七八棵这样的芭蕉树就可以养活一个成年人，而种植40多棵这样的芭蕉树就能够养活一个五口之家。

这种芭蕉树不仅全身是宝，而且很容易成活，对土壤的要求不高，也不需要精耕细作，即使在贫瘠的土地上，在比较干旱的气候条件下，也能顽强地生长。

因此，每逢饥荒年份，这种芭蕉树就成了埃塞俄比亚千家万户的救命树。了解了这一切，你自然就会明白埃塞俄比亚人为什么偏爱这种不结果实的"香蕉树"了。

# 11. 苦涩的蒲公英

　　洛科萨，贝宁共和国莫诺省省会。中国政府援建的一个综合性医院就坐落该市西北角的一块高地上，一支由十多人组成的中国医疗队（定期轮换）在该院工作已经十多年了。

　　所有中国医生都住在医院对面小山坡上的一幢小楼里。2003年，我因为得了疟疾，曾在小楼里一个专门为中国人开设的病房里住过一个星期。

　　住院期间，我一直和医生们一起吃饭。我发现每天中午和晚上，餐桌上总会有一盆汤。这汤里很少放油，只放了一些绿色的菜叶，喝到嘴里有一股苦涩的味道。

　　刚开始时，我以为这是专门为我们病人做的"药膳"。但当我看到医生也喝这种汤时，才知道这就是医疗队医生平时喝的汤。在我住院的那段时间里，我们几乎每天都喝这种苦涩的汤。

　　临出院的前一天上午，当我在院子里散步的时候，看到医疗队的炊事员拎着个篮子在小山坡上转来转去，我猜想他可能在挖野菜，便信步走了过去。走近一看，他果然在山坡上的石头缝里寻找野菜。

　　在农村长大的我，一眼便认出了山坡上的石头缝里窜出的一棵棵蒲公英，再看看炊事员篮子里盛着的，也正是从石头缝里挖出来的蒲公英嫩苗。我一下子明白了，原来我们每天喝的那种"苦汤"就是用这种蒲公英做的。

我不无担心地对炊事员师傅说，蒲公英虽然可以入药，有清热解毒的功效，但它的味道苦涩，是不能把它当蔬菜食用的，据说长期食用蒲公英还会引起慢性腹泻。

炊事员师傅笑着回答说，对于这些，队里的医生很清楚。但这里的蔬菜不仅价格昂贵，而且很不好买，如果要买蔬菜，要跑到100多公里外的首都去。

正是在这种缺少蔬菜和买菜难的情况下，大家才想到了用蒲公英做汤这个点子。许多医生还风趣地说，国内现在有人提倡喝蒲公英茶，咱们在这里天天喝蒲公英汤。

听了炊事员师傅的这一番话，我的心情久久不能平静。我国医疗队的这些医生大多来自城市里的大医院，他们远离家乡和亲人，离开舒适的生活环境，来到生活条件如此艰苦的非洲，发扬救死扶伤的人道主义精神，无怨无悔地为非洲人民服务，他们真正配得上"白衣天使"这个崇高的称号。

# 篇九

# 带泪的花季

童年，
应该有花，
不应有泪；
儿童，
别打他们，
哪怕用花。

# 1. 童工泪

20世纪80年代，我在北非阿尔及利亚工作期间，经常到首都阿尔及尔东郊的一个养鸡场去购买鸡蛋。有一天，买好鸡蛋以后，开车的胡师傅提出要参观一下养鸡场，养鸡场老板很爽快地答应了。

鸡舍并不大，是由旧厂房改建的。刚刚走到鸡舍门口，我们就闻到一股很浓烈的鸡屎味。这臭味呛得我们几乎喘不过气来，我们只好捂着鼻子走进去。

进入鸡舍，我看到一个十多岁的男孩在鸡笼前面清理鸡粪。令我感到吃惊的是，在这恶臭冲天的环境里，他竟然连口罩都没有戴。

不过，更让我吃惊的事还在后面。当我们走到屋角的时候，我们看到地上铺着一张草席，草席上堆放着一些脏分分的衣物。我有些不解地问养鸡场的老板，鸡舍为什么还要准备这些衣物。哪知老板漫不经心地用手指指那个掏鸡粪的男孩说，这是男孩夜里睡觉用的，他的家在外地，路太远，晚上不能回家，所以只能睡在鸡舍里。

听到养鸡场老板这样说，我简直不敢相信自己的耳朵。在这种臭烘烘的环境中，一般人连一个小时都待不下去。而这个孩子不仅白天要在这里工作，夜晚还要在这里睡觉，一天24小时竟然

都要待在这臭气熏天的环境中与鸡为伴，实在令人难以置信。

想到这里，我不由得仔细打量起这个孩子来。这个男孩十二三岁的样子，非常瘦小。看到养鸡场老板和我们走进来，他连头都不敢抬，一直在那里掏鸡粪。

十二三岁，在中国父母的眼里，还是需要照顾、呵护的孩子。这个年龄的孩子，应该在课堂里读书学习，应该与书本为伴，应该在书香中度过童年。

可是，眼前这个可怜的孩子，他的童年却是在这臭气冲天的鸡舍中度过的。他的童年没有书本，也没有快乐，有的只是苦难和眼泪。

我离开阿尔及利亚已经很多年了，可始终忘不掉这个小童工。

# 2. 带泪的花季

从几内亚湾的海岸向北，直至撒哈拉沙漠的南缘，这片广袤的大地，人们习惯上称之为西非。这里集中了非洲最主要的几个产棉大国，如布基纳法索、马里、科特迪瓦和贝宁。西非国家的资源比较贫乏，棉花种植往往是其最主要的农业产业，棉花出口则是国家财政收入的最主要来源。棉花因此享有"白金"的美誉。

说来人们也许不信，在西非棉田里从事劳作的主力竟然是从八九岁到十多岁的孩子。如果不是亲眼所见，我也很难相信。

西非地区的农民种地，至今仍采用近乎刀耕火种的方法。每年雨季来临之前，农民总要放火烧荒，这时候，在荒原上的滚滚浓烟中，你一定可以看到许许多多瘦小而忙碌的身影。一场雨之后，农民们开始播种。下种的时候，大人在前面用削尖了的木棍在地上钻一个坑，跟在后面的孩子则用小手抓几粒棉籽放进坑里，然后再用小脚把坑踩平。由于这种往坑里撒种的劳动比较轻松，所以通常是由四五岁或六七岁的孩子来完成的。

雨季里，棉田里的杂草长得很快，如果不及时锄草，棉花很快就会被杂草淹没。在棉花生长的过程中，要经常拔草和锄地，而在棉田里锄草的大多数都是十一二岁的孩子。炎炎的烈日下，孩子们浑身是汗，但仍然不停地挥动着那种硕大的非洲板锄。到了晚上收工的时候，他们也不能空着手回去，还要捡一些柴草顶在头上带回家去。

每年大旱季来临时，也就到了棉花收获的季节。这也是农村最繁忙的时候，孩子们在这段日子里几乎全都到棉田里来了。太小的孩子由母亲背在背上；三四岁的孩子已经开始帮助父母采摘棉花；再大一点的孩子则负责将采摘下来的棉花运送到公路上的卡车里，沉重的棉包经常压得他们直不起腰来，但他们仍然顽强地头顶着巨大的棉包，艰难地一步步向卡车走去。

由于家庭贫困，许多孩子没有衣服穿，只能近乎赤裸地在棉田干活。坚硬的棉花枝条常常在他们身上划出一道道伤痕，加上蚊虫的叮咬，孩子们的身上都是疤痕累累。

孩子是娇嫩的花朵，他们的童年应该是幸福的、充满欢乐的。但是，西非农村的孩子们却不是这样，他们的童年是在繁重的田间劳动中度过的，他们的童年充满艰辛和苦难，他们的童年是带泪的。

# 3. 苦涩的巧克力

　　西非国家科特迪瓦于1888年从美洲引进可可，现在已经成为世界上最大的可可生产国和出口国。其可可产量约占世界总产量的44%。怪不得科特迪瓦的朋友常说，世界上每生产两块巧克力，就有一块巧克力的原料来自他们的国家。

　　科特迪瓦的可可种植区主要分布在东南沿海地区，阿比让的附近集中了许多大型的可可种植园。我在科特迪瓦工作期间经常路过这些大型种植园，有一段时间，我们的地震勘探作业就在这些可可种植园内进行。

　　从我们进入这些可可种植园的第一天起，我就发现，这里除了少数工头外，从事可可豆采摘的几乎都是八九岁的儿童，而且这些孩子大都是从遥远的贝宁、马里、多哥和阿尔及利亚雇来的。

　　至于种植园主为什么要雇用大批童工来采摘可可豆，有一种说法是，因为可可树比较高大，对于上树采摘可可豆而言，小孩子要比大人灵活。这或许是其中一方面的因素，更主要的是，雇用这些外国童工不仅工资很低，而且由于他们来自遥远的异国他乡，胆小怕事，因此容易管理。

　　趁工头不在的时候，我和几个孩子进行过交谈。孩子们告诉

我，他们住在离种植园几公里远的地方，每天天不亮就被工头赶起来，头顶采摘可可果的沉重工具，光着脚踩着砾石路摸黑来到种植园。每天早晨，工头都会给他们定下任务量，如果完不成，不仅会遭到殴打，而且连晚饭都不给吃。他们每天都要进行14至18小时的超负荷劳动。

因为饥饿和恶劣的生活环境，这些孩子个个瘦得皮包骨头。孩子的身上布满了伤痕，这些伤痕，有些是工头鞭打留下的，有些是上树采摘可可果时被树枝划伤后留下的。我曾亲眼见到一个孩子不小心从树上掉下来，腹部被树皮划破了，鲜血直淌，工头不仅不给他包扎，反而拿鞭子抽他，催他赶快再上树去采摘可可果。

听孩子们讲，几个月前，有两个马里的孩子因为不堪鞭打，偷偷跑了出去，但一天以后就被监工们抓了回来。监工们扒光了他们的衣服，把他们吊在树上毒打。两个孩子在树上被吊了三天三夜，最后在痛苦中死去。

听着孩子们的诉说，再看看眼前工头鞭打孩子的暴行，我很难相信，这种令人发指的虐童罪行竟然发生在21世纪的今天。

从科特迪瓦回国后的很长一段时间里，每当我给小外孙买巧克力的时候，眼前就会浮现科特迪瓦可可种植园里那些可怜童工的瘦小身影，总会不由自主地给我的小外孙讲述那些孩子们的悲惨遭遇。我对他说："你吃到的巧克力是香甜的，但在我心目中，制作巧克力的原料——可可豆是苦涩的。因为，世界上几乎有一半的可可豆是由科特迪瓦可可种植园中那些可怜的孩子们采摘的。"

# 4. "候鸟工"

西非地区的气候也分为四季，但其四季不同于我国的春、夏、秋、冬，而是大旱季、大雨季、小旱季和小雨季。

大雨季是适合农牧业生产的季节，农民忙着播种，牧民忙着放牧，因此，这个季节又叫"忙季"。而在大旱季里，所有农作物都已收割完毕，牧草也已枯黄，不能从事任何农牧业生产，因此，这个季节又叫作"闲季"。

每逢"闲季"，农村无事可干也无任何收入的农民——包括十一二岁的孩子，便纷纷离开家乡，到大城市里找活干，以便挣一些钱养家糊口。

旱季结束后，他们又纷纷返回家乡。时光流逝，季节更替，他们就这样年复一年，随着季节的变化，有规律地往返于城市与乡村之间。因此，城里人把这种亦农亦工的农民形象地称为"候鸟工"。

我在中贝棉业公司轧花厂工作期间，每年在棉花收获季节之后，都可以见到大批"候鸟工"涌到轧花厂来找工作。每天天不亮，就有很多人在厂门口排队，等待厂里招聘。

由于"候鸟工"的招聘和解聘的手续都非常简单，加上工资比城里的固定工低很多，所以很多雇主愿意雇用"候鸟工"。

以轧花厂为例，该厂聘用的正式工人只占全厂员工的30%左右，其余全部为"候鸟工"。解雇正式员工，往往需要多发一至三个月的工资作为补偿，劳资双方为此还经常会发生纠纷，闹上法庭的事屡见不鲜。而"候鸟工"一到雨季，主动离去，省却了很多麻烦。

至于"候鸟工"的工资，普通工种的工人，每月工资大约为5万西非法郎（约合500多元人民币），技术工人的工资稍高一点，也只有人民币700元左右。即使这样低的工资，许多黑心的雇主还会变着法子克扣。许多"候鸟工"由于不堪雇主的欺凌而愤然离职时，往往连一分钱都拿不到。

绝大多数雇主不会为"候鸟工"提供住宿。轧花厂算是条件好的，也只为他们提供一个睡觉的场所。简易的平房内，什么也没有，既没有床铺，也没有蚊帐。很多工人就直接睡在砂土地上。

西非的大旱季是一年之中最热的季节，白天的温度大多在37℃左右，夜间的温度也有30℃左右。轧花厂为"候鸟工"安排的房间大约有十几平方米，而在这样狭小的房间里要住七八个工人。由于夜间蚊虫太多，工人们一般都关着门窗睡觉，其闷热程度可想而知。

由于居住条件太差，加上蚊虫叮咬，工人们很容易得疟疾。得了疟疾的工人，因为没有钱买药，只能到附近的山上去采摘几种草药来煮汤喝。

"候鸟工"不仅居住条件恶劣，伙食也无法得到保证，他们一天只吃两顿饭。条件好的工人会花200西非法郎（约合人民币2元）到厂门口买一份当地的"快餐"果腹。所谓"快餐"，其实就是一种由当地妇女用玉米面做的糊糊，再加上一点番茄酱和一小块咸鱼。

令我感到吃惊的是，即使这样粗劣的伙食，还有许多工人消费不起，我经常看到一些工人花20西非法郎（约合人民币2角）买两个生芒果充饥。由于生芒果味道苦涩，难以下咽，工人们只好几个人围着一个水龙头，啃一口生芒果，喝一口自来水。

看到"候鸟工"的生活如此艰苦，我从心底里同情他们，但愿他们能早日平安地回到自己的家乡。

# 迷昧

巫术，

文身，

护身符，

女子割礼……

虽然迷昧，

却流传了千年。

# 1. 诡异的护身符

20世纪90年代，我在西非贝宁纺织厂的中国专家组工作期间，厂里发生了一件蹊跷的事情。专家组雇用的当地厨师，是一个壮实得像头牛一样的小伙子，星期五下班的时候他还活蹦乱跳的，可是星期六的早晨，人们却发现他死在了出租屋内。

最为蹊跷的是，死者的弟弟闻讯赶来后，发现哥哥一直戴在脖子上的一串贝壳护身符不见了。所以，他坚称哥哥是为阿贾族人所害。因为阿贾人视护身符为命根子，如果护身符被仇人偷走，那他们一定会丧命。

此前，我确实见不少黑人脖子上戴着一串贝壳，当时我以为是装饰品，没有在意。没有想到，这些普普通通的贝壳竟然是他们的护身符，而且性命攸关。

后来，和非洲人接触多了，我才发现戴护身符在当地十分普遍。当地人，不论男女老少，不论城里人还是农村人，也不论贫富，都非常喜欢戴护身符。有的人将护身符戴在脖子上，有的人戴在手臂上，也有的人戴在腰间，还有的人戴在脚脖子上。

至于护身符的材质，更是千奇百怪，有乌木的，有羊皮的，有骨头的，也有用象牙和河马牙做的，但大多数护身符是用贝壳做的。

对于非洲人为什么要佩戴这些五花八门、千奇百怪的护身符，我曾请教过贝宁的一些文化学者，他们一致认为，佩戴护身符与非洲人的宗教信仰有关。

贝宁是巫毒教的摇篮，在天主教和伊斯兰教传入之前，这一带乃至非洲大陆都是原始宗教的天下，而所谓原始宗教，说到底就是拜物教。那时的非洲人由于对风雨雷电等许多自然现象不能作出科学的解释，便把太阳、月亮、水、火以及许多动植物作为崇拜的对象，并相信世间万物都是由某种精灵操纵的。这些精灵操纵着人的生老病死，操纵着自然界的祸福。为了抵御这些精灵的伤害，非洲人曾经用过多种手段和多种方法，其中经久不衰和沿袭至今的便是佩戴各种护身符。

据贝宁的一些老人和学者介绍，护身符最初是由能与鬼神沟通的巫师和巫婆发明的，他们用护身符来防止精灵的伤害，用护身符来为病人治病，用护身符来防避猛兽的袭击，用护身符抵御敌人的刀枪和暗算。几次偶然的"成功"，不仅使这些巫师和巫婆名声大噪，也使他们使用的护身符成为人们争相佩戴的"宝物"。

随着时间的推移，人们对护身符的期许越来越高，护身符的功能也越来越多。起初，护身符只是为了保护自己，完全是防御型的。但后来，人们希望用它诅咒仇人、杀死敌人。至此，护身符已由防御型转变为进攻型。因此，它已不是护身符，而是符咒，而且这种符咒的应用现在还颇为广泛。

我有一个贝宁的朋友，有一天他突然对我说要休了他的老婆。我问其原因，他说，他在家中发现了一个人偶，据他的老婆交代，这是她求巫婆制作的，是为了拴住他的心，不让他再娶其

288

他女人。同样，有的男人为求得某个女人的欢心，也会让巫师制作一种特殊的符咒拴在腰上，这真应了中国人常说的那句话："把老婆拴在裤腰带上。"

护身符也好，符咒也罢，我认为随着人类文明的进步和社会的发展，相信的人会越来越少。我在科托努市问过不少年轻人，他们说，佩戴这些物件现在已不是为了"护身"，而是为了装饰。

# 2.  女子的割礼

早在1984年，联合国和世界卫生组织就宣布，坚决反对对女性实施割礼。非洲很多国家的政府也都明令禁止这种血腥的习俗。但是，到目前为止，这种血腥的传统仍在西非国家几内亚比绍延续。这个人口只有100多万的弹丸小国，现在每年竟然还有2000多个女孩要接受残忍的割礼。

在几内亚比绍的传统文化中，女性要想得到荣誉、被人尊敬，就必须接受极其残忍和痛苦的割礼仪式。这里的女子割礼通常从女孩5岁时就要开始施行。对女孩子施行割礼，是几内亚比绍的血腥传统，是一种残忍的习俗，接受割礼的小女孩非常痛苦。

在几内亚比绍，很少有女孩能逃过这一劫。因为每个女孩的出生年月日都详细地登记在部族头人的花名册上。每年年底，部族头人都会按照花名册列出一批"适龄"的女孩子，强迫她们接受割礼。

如果这个女孩不肯接受割礼，她将被认为是部族中不干净、不受欢迎的女人。从此不准她给奶牛挤奶，不准她进牲口棚，她也不能从邻居家大门口走过。令人匪夷所思的是，还不准她吃玉米，不准她嫁人，等等。即使有人娶了她，她这一辈子也永远抬不起头来，不能大大方方做人。由于不肯接受割礼的后果如此严重，所以绝大部分几内亚比绍的女孩只能痛苦地接受这种惨无人道的割礼手术。

施行割礼前，接受割礼的女孩的家长要敲击长鼓，通知每一位亲戚朋友前来参加割礼仪式。仪式通常在村头空旷的场地上举行，部族里的妇女就像过节一样，围着即将接受割礼的女孩唱歌跳舞，为她祝福。

仪式结束后，巫医或乡村医生即开始为女孩施行割礼。由于当地施行割礼从来不注射麻药，所以女孩疼痛难忍，会发出阵阵惨叫。除了疼痛以外，女孩还要蒙受羞辱，因为她的父亲、兄长、邻居等都会受邀前来观看手术的全过程。

这种愚昧的陋习现在已有不少非洲国家明令禁止，相信在不久的将来，它将永远从非洲社会消失。

# 3. "女子娶妻"与同性恋

提起非洲女人娶妻这种荒唐的风俗，一般人总以为这是苏丹境内努尔族人的"专利"。其实这是误解，非洲"女人娶妻"与寡妇由族人"继承"的风俗一样，在西非、东非和南部非洲的一些部族中都存在。

一个努尔族女人，当她失去生育能力并且离了婚，或者因丈夫去世而寡居时，她才有资格"娶妻"。

在努尔部族，"女子娶妻"非但不会遭到耻笑，还会受到族人的祝福。因此，两位女性新人还会举行与普通人一样的婚礼。

"女子娶妻"后，她的家庭地位也会发生变化，她就成了一家之主，"妻子"要称她为"丈夫"，子女称她为"父亲"。

除了苏丹的努尔族女人可以"娶妻"外，肯尼亚的基库尤女人也可以"娶妻"。

要"娶妻"的女人可以通过婚介机构或自主找一个女性伴侣。"女丈夫"选择的伴侣必须是身体健壮、能生孩子的年轻女子。该女子收到"女丈夫"送来的聘礼后，便可订婚，继而举行隆重的婚礼仪式。婚礼完全按照当地人的婚俗进行，媒人、证婚人必须到场。

同为女性的两个人的婚姻，按理说，应该称为"同性恋"。

但基库尤人认为，这种婚配并不是爱情的结合，而仅仅是为了使财产后继有人。通常情况下，基库尤部族中要"娶妻"的女人都是不能生育或年龄较大、又无子女的妇女。她们为了不失去自己的财产，就像男子那样"娶"一个年轻的女人回家生儿育女，传宗接代，继承财产。

随着社会的发展和妇女地位的提高，加上人们思想观念的转变，这种"女人娶妻"的怪异现象现在已经引起当地人的反思。肯尼亚政府在2013年7月颁布的新《婚姻法》中将同性婚姻排除在外。

# 4. 总统也要给死人让路

## ——记刚果人的接尸仪式

一个星期天的早晨，我在刚果（布）的首都布拉柴维尔街头散步，看见一家医院前面的大街上停满了汽车，而医院旁边的一所小房子门前围着一大群人。

出于好奇，我信步走了过去，只见小房子正面的墙上用法语赫然写着：MORGUE（太平间）。而门前的空地上有一个年过半百的黑人汉子，他身穿黑色长袍，长袍的领口、袖口和下摆的边沿均绣着一道道白色条纹，脖子上围着一条白色围巾，头戴一顶编织的花帽，帽子顶上插着许多羽毛。他一手拿着乌黑锃亮的乌木杖，一手拿着桉树枝，口中念念有词。

我刚刚站定，身旁一位老者便向我介绍说，他们正在举行接尸仪式。那个穿黑色长袍的人是当地著名的巫师，他现在正在作法驱魔，以便接回太平间内一位林场主的遗体。

就在我们交谈的时候，从人群中冲出三个女人，她们一边奔跑，一边大声呼喊。老者介绍说，这是林场主的几个妻子，她们要大声呼喊着围绕医院跑三圈，为死者祈福。就在三个女人奔跑呼喊的同时，周围的人也开始唱歌和跳舞，他们的歌声显得深沉而悲伤，舞姿却比较粗犷。

等到三个女人回到太平间门前时，人们马上停止了歌唱和舞蹈。这时候，一辆黑色的奔驰牌灵车载着一口硕大的棺木，来到了太平间门口。三个女人在巫师的引导下来到太平间门前，其中一个女人轻轻叩了几下门，便开始喊话，我本以为她是在叫太平间的看门人开门，哪知那位老者说，她是在问她的丈夫："您醒了吗？"明知丈夫已死，为何她还要问其醒了没有？我感到有些不可思议。

看到我一脸疑惑，老者解释说，这是他们的风俗习惯，人们在搬运遗体前，一定要先征得死者的同意。果然，三个女人和巫师都静静地站立在门前等候。

大约过了一分多钟，太平间的门打开了，死者的遗体由四个人抬着，入殓仪式庄严肃穆，但又略显诡异。入殓结束后，灵柩被放置于围着黑色帐幔的灵车上。灵车前面有警车鸣笛开道，后面是死者亲属和朋友乘坐的护灵车队，场面隆重。当车队驶上医院前面的大街时，我看到所有相反方向的车辆和行人都停下让行，同一方向驶来的车辆则跟在护灵车队后面慢慢行驶，街上的交通受到严重影响。

我问身旁的老者，护灵车队这样阻碍交通，交通警察会不会前来干涉？老者回答说，遇到灵车和护灵车队，所有车辆，包括警车，甚至总统的专车都要礼让，这是约定俗成的规矩。谁要是破坏了这个规矩，贸然抢行，一定会受到公众的谴责。

望着渐行渐远的车队，我问老者，现在护灵车队是不是要送灵柩去墓地安葬？老者回答说，现在的车队只是前来迎接死者的灵柩回家。到家以后，灵柩要供奉在专门搭建的灵堂中。白天由死者的直系亲属轮流守灵，守灵仪式甚为庄重，守灵人一律禁食，滴水不进；夜晚由亲友们通宵达旦地唱歌跳舞，同时，还要请身穿法袍的巫师跳舞驱魔为死者祈福。翌日清晨，再进行"起灵"和安葬仪式。

从接尸仪式的场面，我完全可以想象得到守灵和葬礼的仪式会多繁杂和隆重。

# 5. 血凝成的墙

　　贝宁阿波美王国的第12代国王盖佐，是一位
毁誉参半的君主。史学家对盖佐给予褒奖，主要是因
为其统治时期是阿波美王朝最辉煌的时期。盖佐也因此被称为
阿波美王国的一代明君，还常常被描绘成一位爱好和平的君主。
殊不知，阿波美王国的繁荣与辉煌是建立在众多奴隶的尸体之
上的。

　　盖佐与阿波美王朝历代君主一样，为人残忍、嗜杀成性。他
当上国王以后，为了与欧洲奴隶贩子进行肮脏的奴隶贸易，频繁
地对四周的邻国发动征战，通过战争的手段来抓捕奴隶，然后再
将俘获的奴隶卖给欧洲奴隶贩子，以获取不义之财。为防止奴隶
在押解途中逃跑，盖佐甚至命人用一根铁丝从一个个奴隶的锁骨
处穿过，将他们连在一起。据史书记载，有一半以上的奴隶在押
解途中死去。由于盖佐热衷于贩奴敛财，阿波美王国的沿海城市
维达很快就成了大西洋沿岸最大的奴隶贸易中心。

　　据统计，在罪恶的奴隶贸易中，从维达地区装船运往美洲的
黑人奴隶有2000万之多，其中1000万以上的奴隶命丧途中，维达
地区沿岸也因此被称为"奴隶海岸"。

　　盖佐的残忍不仅仅表现在虐奴贩奴贸易中，在内政外交等诸
多方面也是劣迹斑斑。有人说，一走进阿波美王宫就能闻到一股

血腥味，此话一点不假。

阿波美王宫由阿波美王国的历代国王建造而成，占地达44公顷。该王宫于1985年被联合国教科文组织列入《世界文化与自然遗产保护名录》。

进入阿波美王宫的正厅，迎面是一字排开的14把高大的木椅，每把木椅后面都竖立着一把黑色大伞。木椅本身并无特别之处，但每把椅子的4只脚下都压着白森森的骷髅头，非常恐怖。讲解员告诉游客，这14把椅子是阿波美王国14个国王的宝座，宝座下压着的这些骷髅头都是阿波美王国征服的各个酋长国酋长的头骨。阿波美王国每征服一个酋长国，就要将其酋长的头颅割下来，并制成骷髅头压在阿波美国王的宝座底下。

王宫里最大的院落是盖佐为自己建造的内宫及议事厅，院内最引人注目的是祭祖神庙，这是一间圆形的土屋，土屋的墙呈赭红色。讲解员说，盖佐每逢重大节日或出征前都要祭祖，而祭品都是活人——战俘，如果战俘不够，就捕捉本国的奴隶充数。由于每次祭祖都要宰杀很多战俘或奴隶，脚下的黄土都被奴隶们的鲜血染红了。有一次，盖佐看到脚下的黄土被鲜血染红后，突发奇想，命令手下的人再宰杀一批战俘和奴隶，用他们的鲜血再加上棕榈油、白酒、珍珠、金粉与黄土搅拌在一起，制成一种特殊的祭祖"神土"，然后再用这种"神土"建造祭祖的神庙。讲解员说，大家现在看到的这座神庙的赭红色的墙就是用这种"神土"垒成的。直到现在，每逢下雨的日子，似乎还能闻到一股血腥味。阿波美王朝的血腥统治，由此可见一斑。

# 6. 妃子墓

　　自16世纪以来，在西非贝宁这片土地上，曾
经诞生过数十个王国。在这些王国中，有关阿波美王
国的历史记述是最详尽的。这个王国的历史之所以记述得如此详
细，是因为这个王国一直被视为贝宁历史上最血腥的王国。

　　阿波美王国的历代君主均以残暴和嗜杀著称，其中最为残忍
的当数第13代国王格莱莱。格莱莱的父亲盖佐也是一个暴君，盖
佐遇刺身亡后，其子格莱莱继位。为了替父报仇，格莱莱一上台
便拿伊恰加酋长国开刀，因为伊恰加酋长国曾与其父盖佐为敌。
结果是，伊恰加酋长国战败，酋长巴科科兵败身亡，格莱莱命人
砍下巴科科的头颅，并用其头骨做成了供他喝水用的杯子。

　　格莱莱不仅生性残暴，而且非常好色，他继位不久，便命人
从全国各地挑选了4000名佳丽做他的妃子。据当地人讲，在阿波
美王宫西边曾经有一个大院，就是供这4000名妃子居住的。

　　格莱莱死后，其子古昂多成为国王，他就是著名的贝汉津
王。贝汉津王继位不久，便将父王的这些妃子改编成"娘子军"，
送上抗法战场。所以，当地人又将这些妃子住过的大院称作"女
兵大院"，这是后话。

　　现在阿波美王宫的最南边有一组建筑，据说是格莱莱的王
宫，它由前宫和内宫组成，前宫是一个大院子，内宫是格莱莱居

住的地方。按照当地的习俗，格莱莱死后，其遗体就安葬在内宫里。内宫的隔壁是一个幽静的小院子，院子中央有一个圆形的土屋，这就是著名的妃子墓。格莱莱临死前，特地挑选了40多名既忠实又漂亮的妃子为他殉葬。格莱莱死后，宫廷便按照其生前旨意，命这40多名妃子沐浴更衣，然后饮鸩自尽。这40多名妃子死后就埋葬在这个圆形土屋的地下，从此当地人便将这个圆形土屋称为"妃子墓"。

位于阿波美王宫内的"妃子墓"至今仍保存完好，但位于王宫西侧、名噪一时的"女兵大院"已荡然无存，游人见到的只是一片茂盛的棕榈林。

# 篇十一
# 历史的暗角

一个个
历史的暗角，
一重重
罪恶的黑幕，
哪怕掀开一角，
也令人触目惊心。

# 1. 黑幕重重

　　西非一些国家官场贪腐之风猖獗，其中海关
部门尤其嚣张。贝宁是一个人口不足千万、国土面积
仅10余万平方千米的弹丸小国。可就是这样一个小国，竟然有
100多家大大小小的报关行，由此可见该行业从业人员之众。

　　从20世纪90年代起，我先后在贝宁的多家中资公司工作，因
为经常要办理进口货物的报关手续，所以免不了要与当地海关以
及报关行、报关员打交道。几年下来，在与大大小小的海关官
员、形形色色的报关行和黑白两道的报关员打交道的过程中，我
目睹了当地海关官员的贪赃枉法、报关行的胆大妄为和报关员的
阴险狡诈。如果不是亲眼所见和亲身经历，我无论如何也不会相
信，这一切竟然发生在为国家把守大门的海关部门。

　　20世纪90年代末期，因为尼日利亚政府限制中国纺织品进
口，因此大量中国纺织品涌进了尼日利亚的邻国——贝宁的市
场。大批中国公司也不断来到贝宁的经济首都——科托努"安家
落户"。为进口商服务的报关行也一下子冒出来数十家之多。大
批的"马仔"报关员整天奔走在几十家中国公司之间。

　　当地海关明知这些纺织品只是过境贝宁，会从贝宁运往尼日
利亚，按规定只应征收法定过境费。但是，由于他们了解到中国
公司销售这些纺织品能够获得高额利润，所以他们认定，这是一

个敲诈中国公司的大好机会。于是，一场由当地海关主导、各大报关行组织实施、向中国公司征收高额"过境费"的阴谋悄然拉开了序幕。

首先，当地海关提出了一个高出法定过境费数倍的所谓指导性"过境费"，由各大报关行对中国公司实施敲诈，非法所得由海关官员和报关行按比例分赃。

当时，进入贝宁市场经营纺织品的中国公司有三四十家。这些公司大多是小型民营企业，很多企业是第一次走出国门，绝大多数经营人员不懂外语，更不用说外国法律了。因此，办理报关手续的事，基本上都是当地报关行的报关员说了算。

正是中国公司的这种"短板"，给了当地那些黑心报关行可乘之机。为争夺顾客，他们派出大批报关员到各个中国公司进行游说，以极低的报价引诱中国公司上当，一旦报关原始资料到手，立即以各种借口不断加价，用这种欺诈的手段来控制中国公司的报关业务。如果欺骗的手段不能奏效，他们就通过海关、警察局的官员对中国公司进行威胁和恫吓，强迫中国公司将报关业务交给他们指定的报关行。

由于这些黑心报关员通过威胁利诱获得中国公司的报关业务以后，可以得到丰厚的回报，所以不少政府官员也赤膊上阵，充当报关员，到各个中国公司拉报关业务。

贪得无厌的报关行和报关员为追求利益最大化，还常常与海关官员相互勾结，进行虚假报关，这就是人们常说的"灰色清关"。

一些中国公司贪图小利，听信某些报关行或报关员的谎言，以略低于"市场行情"的价格，把报关业务交给他们。通过"灰色清关"渠道，货物是提出来了，但大都手续不全，这就给海关稽私队、商务部和税务局的贪心官员提供了敲诈勒索的绝好机会。这些昧着良心的官员与"灰色清关"的报关行或报关员之间相互勾结、相互利用，在贝宁已是尽人皆知的秘密。通过"灰色清关"渠道清关的货物一旦从港口运出，"灰色清关"的报关行或报关员便立即将有关信息通知那些贪官。很多中国公司的货物刚刚入库，仓库门就被查封。接下来，就是按指定时间、到指定办公室听候处理。

所有中国公司都知道，如果要启封，至少要花上100万西非法郎（约合人民币1万多元）。中国人爱面子，对于公司因"灰色清关"被敲诈所遭受的损失，从来不肯多说。

据贝宁的一些朋友讲，由于尼日利亚政府限制中国纺织品进口，中国纺织品"绕道"贝宁大约有四五年时间。在这四五年的时间里，贝宁政府内有一大批贪官，靠勾结报关行，通过"灰色清关"敲诈中国公司而发了横财。

# 2. 揭开"丛林肉"的一角

　　黑角市素有刚果（布）经济首都之称，是一个
风景优美的海滨城市。相传19世纪中叶，一位葡萄牙探险
者乘船到达这里时，瞥见岸边一块突兀的黑色礁石，遂称此地为
"黑角"。

　　今天的黑角市有一个地方比那块礁石还要"黑"，那就是
"丛林肉"市场。这个"丛林肉"市场，我也是偶然发现的。那
天早晨，我去黑角市最大的蔬菜市场买菜，忽然发现这个菜场旁
边还有一个入口。门口正好有几个当地小孩，我问他们里面卖什
么东西。他们告诉我，里面是"丛林肉"市场。

　　看我是中国人，好像不太了解什么是"丛林肉"，他们还特
别热心地给我介绍说，就是卖猴子、穿山甲和山猪这些森林动物
肉的市场。

　　这是我第一次听说"丛林肉"这个名词，出于好奇，我就随
那几个小孩一起走进了市场。

　　一进大门，就有好几个小孩迎上前来，他们每个人手上都捧
着一个蜷缩成一团的穿山甲。穿山甲这种动物胆子特别小，一旦
被捕捉到，出于恐惧和自卫的本能会立刻紧紧地蜷缩成一个圆
球，把头藏在圆球的中间，一动也不动。

　　大门的另一侧，一个小伙子手里牵着一条一米多长的鳄鱼，

鳄鱼的嘴虽然已被铁丝紧紧地捆住，但小伙子还是不让大家靠近它。小伙子说，鳄鱼的力气很大，它的尾巴只要轻轻一摆，就能把一个人打倒。正当众人围着鳄鱼谈论不休时，我忽然听见远处摊位上传来嘈杂的"吱吱"叫声，并且还有不少人围观。我走过去一看，原来是一个卖猴子的摊位，笼子里关着两只小猴子。一个黑人妇女正在和摊主讨价还价，谈好价钱后，摊主便从笼中抓出黑人妇女选中的那只小猴子。小猴子一边挣扎，一边"吱吱"地惨叫。摊主在一个小孩的帮助下，非常熟练地将小猴子的四肢绑在一个钢圈上，接下来便是开膛破肚和用火烤毛，整个过程犹如中国菜市场上杀一只鸡那样容易。

再往市场里走，我看见有几个摊位上摆着几个有脸盆那样大小的乌龟。这样大的乌龟，我在国内从未见过。惊讶之余，我指着那个最大的乌龟问摊主："这只龟有多重？"摊主回答说："大约有20公斤。"

市场里还有很多摊位，但大多数摊位上摆放着的都是已经宰杀好的山猪肉、蟒蛇肉和其他各种野生动物的肉。

我悄悄地问一位当地人："你们国家允许捕杀野生动物吗？"哪知他不经意地回答说："我们国家森林里野生动物很多，抓不完的。"

听到这样的回答，我不觉心头一颤，默默地离开了。离开黑角市已经很多年了，但黑角市"丛林肉"市场上的那一幅幅场景，我至今未能忘却。

# 3. "大白象"

　　时隔4年，当我于2000年上半年又一次来到贝宁时，贝宁半官方报纸《民族报》上有一篇题为《大白象》的文章，引起了我的注意。这篇文章之所以引起我的注意，是因为文章将中国政府于20世纪80年代援建的贝宁洛科萨纺织厂称作"大白象"，而我曾经在这个纺织厂工作过两年。

　　西方语言中的"大白象"，通常是指一项规模很大、需要很多费用来维持但却难有很好经济效益的资产。

　　贝宁盛产棉花，是非洲重要的产棉国，棉花资源十分丰富。正是基于贝宁的国情，我国政府于20世纪80年代，帮助贝宁政府建起了该国第一家国有纺织厂。

　　工厂建成后的最初几年，是由中国专家组进行全面管理的。当时的产品质量非常好，产品远销塞内加尔、马里和尼日利亚等国，经济效益也特别好。该厂也因此成了贝宁的支柱企业和纳税大户，曾被贝宁多家媒体誉为"大西洋之滨的工业明珠"。

　　在中国专家组对贝宁纺织厂进行全面管理期间，我曾作为专家组的翻译在该厂工作过两年，所以，我对当时工厂的经营管理状况有所了解。

　　没有想到，我离开该厂仅仅4年的时间，那样一个红红火火的明星企业竟然变成了一个徒有虚名的"大白象"。一个好端端的企业怎么会一下子衰落到如此地步？这实在令人难以置信。

正当我为贝宁纺织厂的衰落感到困惑的时候，我国驻贝宁使馆经商处的一位官员为我揭开了谜底。

有一天，我因事去使馆经商处，正好碰见一位在此工作的南京大学校友。我向他询问媒体为何将贝宁纺织厂称作"大白象"，他向我详细讲述了这几年在该厂发生的一系列匪夷所思的事情。

原来，在我离开该厂回国不久，贝宁工贸部即致函中国使馆经商处，要求中方撤回驻贝宁纺织厂的中国专家组，原因是聘用中国专家的费用过高，厂方无力负担。

中国专家组撤走以后，原先在厂内各部门担任副职的贝方管理人员全部"转正"，开始掌握实权。没有多久，即曝出丑闻：总经理与商务经理合谋，以低于市场价百分之二十的价格，将该厂生产的白坯布销往尼日利亚，从客户那里收取巨额"回扣"。事情败露以后，总经理和商务经理锒铛入狱，工厂遭受重创。

新任总经理上台以后，由于不懂技术，管理不善，产品质量急剧下降，原先供不应求的白坯布，现在却严重滞销，大量积压。

厂里因为效益不好，不得不开始裁员，原先800人的编制，现在已剩下不到300人了。据说因为裁员，厂内罢工事件频发。

最后，这位校友叹了一口气说，这个厂子支撑不了多久了，这头"大白象"很快就要倒下了。

正如这位校友所言，该厂从开始裁员到关门停业，只花了两年的时间。到2002年的时候，为了支付留守人员的工资，厂里已开始变卖任何有人购买的机器设备。

此后，没有多久，听说连留守人员的工资都付不出了，工厂彻底关门。

一个曾经红红火火的明星企业，大西洋之滨的工业明珠，从其辉煌的巅峰到濒临倒闭，前后不到5年时间。变成"大白象"后，又苦苦挣扎了三四年时间，直至倒闭。也就是说，一个好端端的国有企业，就这样断送在一帮贪官污吏手里，实在令人痛心。

纺织厂倒闭以后，有一次，我因患疟疾，前往该厂所在地——洛科萨的一家中国援建医院住院治疗。一天傍晚，我在大街上散步时，忽然听到有人叫我，我回头一看，原来是纺织厂里的一名老工人。

我们两人都为这次偶遇激动不已，互致问候以后，自然而然就谈起了纺织厂的情况。

当我问到纺织厂倒闭的原因时，这名老工人气愤地说，自从中国专家撤走以后，厂里的干部就像发了疯一样，明目张胆地侵吞厂里的钱物。总经理和商务经理相互勾结，低价贱卖厂里的白坯布，大肆收受回扣，两人最终虽然受到了惩罚，但厂里遭受的损失，再也无法弥补。

总经理入狱后，工贸部任命原财务经理为代总经理。这个代总经理一上台，就以要发工资为借口，大肆变卖厂里的机器设备，但所得货款大部分落入了他的腰包。

谈话过程中，这名老工人多次提到中国专家管理工厂时厂里的兴旺景象，他低声叹惜道："中国专家要是不走，该多好。"

# 4. 相逢一笑泯恩仇

## ——中埃一段宿怨追溯

　　说到中国军队和埃塞俄比亚军队之间打过仗，很多埃塞俄比亚朋友都不相信，但历史就是历史，中埃两国军队在20世纪50年代，在朝鲜战场上确实交过手，这是千真万确的事。

　　按理说，中国和埃塞俄比亚，一个是亚洲国家，一个是非洲国家，中间隔着千山万水，历史上也无冤无仇，两国之间怎么可能会打仗呢？

　　话得从19世纪的第二次世界大战说起。第二次世界大战期间，在抗击意大利侵略军的战争中，埃塞俄比亚得到了美国和英国的大力支持。复国成功以后，埃塞俄比亚和美国又签订了一系列经济和军事协定，美国给埃塞俄比亚的军事援助，几乎相当于美国给整个非洲军援的一半。海尔·塞拉西皇帝多次访问过美国，美国视埃塞俄比亚为其在非洲的坚定盟友。

　　1950年6月25日，朝鲜战争爆发。美国出兵朝鲜后，一心追随美国的海尔·塞拉西皇帝立即决定派军队参加联合国军赴朝参战。1951年3月，埃塞俄比亚挑选了1200名官兵，组成"卡格纽"营，"卡格纽"在阿姆哈拉语中的意思是"征服者"，由此可见海尔·塞拉西当时的"雄心"。据说部队临出发前，参战的官兵居然向亲戚朋友们吹嘘，他们赴朝参战纯粹就是一次快乐的东方旅行，他们很快就会凯旋。

1951年7月，"卡格纽"营到达朝鲜，但在此后的一年多时间里，"卡格纽"营一直没有机会直接参加战斗。直到1952年10月31日，联合国军指挥部为集中兵力向上甘岭发起进攻，才将南朝鲜的一个团和埃塞俄比亚"卡格纽"营派上了前线。

据日后回国的残兵败将们讲，因为在韩国"闲置"了一年多，所以，他们等到上战场直接参战的机会时，一个个兴奋不已，摩拳擦掌，准备好好向美国人显示一下他们的身手。

埃塞俄比亚人本以为被联合国军飞机大炮狂轰滥炸以后，中国人民志愿军早已溃不成军，他们可以轻而易举地取得胜利。但他们做梦也没有想到，中国人民志愿军给了他们迎头痛击，经过整整7个小时的激战，"卡格纽"营丢下了121具尸体，带着536个伤员大败而归，伤亡总数超过全营兵员一半。

当"卡格纽"部队的残兵败将回国后，埃塞政府进行了反思。海尔·塞拉西也清醒地认识到，自己追随美国政府、听从美国的教唆而派兵赴朝参战实在过于草率，因此他后悔不已。

1963年12月，当中国政府总理周恩来风尘仆仆地开始历史性的亚非欧14国之行的时候，海尔·塞拉西审时度势，排除干扰，主动向中国政府伸出了友好的橄榄枝，热情欢迎周恩来总理访问埃塞俄比亚，中国和埃塞俄比亚之间的关系从此翻开了新的一页。

# 后　记

　　时间过得真快，一眨眼的工夫，拙作《非常之洲：非洲见闻录》出版已两年了。这两年当中，我又去过非洲多次，并遇见了好几位当年在一起工作的好友。他们看过《非常之洲：非洲见闻录》以后，一致觉得，一个长期在非洲工作和生活的人，到了晚年，写写自己当年在非洲的经历以及所见所闻，是一件于人于己都有益的事。在他们的鼓励下，我又拿起了笔，于是便有了这样一组短文。

　　初稿完成以后，我大学时代的好友、原译林出版社社长章祖德先生仔细审阅了全部书稿，并进行了精心修改，付出了大量的心血。

　　南京大学外国语学院教授、博士生导师、中国非洲问题研究会常务副会长刘成富先生，在百忙之中抽出时间为本书作序，使我甚为感动。

　　对于两位先生的深情厚谊，我在此表示由衷的感谢。

　　在我最后一次校阅书稿时，眼前不由得浮现出非洲朋友们那一张张熟悉的面容。每次离开非洲回国时，他们都要到机场为我送行。可我不喜欢告别，我总觉得，当你离开你关心的人和你眷恋的地方时，那种分别都是短暂的，后会一定有期。

　　事实也确实如此。从1987年我第一次踏上非洲大陆，到今年已有33个年头了。在这33年当中，我在中国和非洲之间往返40多次，到过15个国家，先后在非洲工作时间长达15年之多，非洲已然成为我的第二故乡。

非洲的朋友们，我要衷心感谢你们，没有你们，便没有本书的面世。

是以为记。

王兆桂
2020年10月10日于南京

# 主要参考书目

[1]梁江,唐启佳等.非洲艺术[M].重庆出版社:重庆,2000年.

[2]艾周昌.非洲黑人文明[M].中国社会科学出版社:北京,1999年.

[3]孙丽华,穆育枫等.非洲部族文化纵览[M].知识产权出版社:北京,2015.

[4]吕夏乔.非洲常识[M].哈尔滨出版社:哈尔滨,2015.

[5]黄泽全.认识非洲[M].京华出版社:北京,1998.

[6]戴维·拉姆.非洲人[M].张理初,沈志彦译.上海译文出版社:上海,1998.

## 作者介绍

王兆桂

中国翻译协会资深翻译家

南京大学非洲研究所特聘研究员

1945年出生于江苏省海安市，1968年毕业于南京大学。长期从事翻译工作，成绩卓著，曾主编《法英汉核科学技术词典》和《法汉纺织服装词典》，并有《地球的最后一夜》等译作问世。

从20世纪80年代起，作者先后40多次赴非洲工作，去过15个国家，累计工作15年以上，对非洲的历史文化、社会现状以及人民的生存状况有较深入的了解，著有《非常之洲：非洲见闻录》。